Cécilia

Anna Bitton

Cécilia

Portrait

Flammarion

ISBN : 978-2-0812-1288-6

À Cécilia.

À ma mère.

À mon père.

« J'ai horreur des gens exceptionnels
et qui veulent la lune. »

Arthur de Gobineau
Lettres à la princesse toquée

I

Hautaine, disaient-ils.

« Oui, sachez-le, toute la vie, ou toute l'élégance qui est l'expression de la vie, réside dans la taille. »

Honoré de Balzac
La Vieille Fille

Cet après-midi-là, un mois jour pour jour après avoir signé la convention de divorce, elle trébucha dans l'escalier d'un restaurant parisien branché et faillit donner aux clients attablés un spectacle inespéré. Aucun talon aiguille à incriminer, dans cette affaire. Cécilia est à plat. Ce jour-là comme toujours. Partout. Son plus haut fait d'armes – ou plutôt de pied : les santiags. C'est dire... !

Et pourtant, ça lui arrive souvent, de manquer de tomber. Pas parce qu'elle tituberait. Oh non, ça jamais ! Cécilia – elle a cela en commun avec son ex-époux de président – assure n'avoir jamais bu une goutte d'alcool. Il est à craindre que ce soit vrai. *« Je ne sais même pas quel goût ça a ! »* avoue cette femme de tout juste cinquante ans en plissant des yeux d'enfant. Lui propose-t-on de goûter qu'elle prend une moue définitive. *« Jamais ! »* Ni alcool ni talon aiguille, donc. Mais une haute taille. *« Je n'ai jamais pu me faire à mon mètre soixante-dix-huit ! »*, sourit-elle en reprenant pied. Elle a beau arborer un port altier très espagnol, sembler se mouvoir avec élégance et aisance en toutes circonstances, marcher vite, se tenir droite, toujours droite, presque raide, la tête haute, elle ne s'est jamais vraiment remise de dépasser tout le monde d'une tête, à commencer par les deux hommes qu'elle épousa. Ses jambes de géante l'ont toujours empêchée de marcher comme les autres... Regarder le monde d'en haut, c'est une posture qu'elle ne sait pas assumer avec simplicité. Elle en a les airs, les atours et les travers, pourtant. Mais il n'est pas aisé, a fortiori pour une femme, d'être à la hauteur de sa très haute taille...

Trop belle, trop grande, le regard trop vert-glacé. Alors forcément, on la soupçonne d'être glaciale. Tant pis, prétend-elle, en haussant les épaules. *« J'ai un caractère qui peut paraître dur. Si seulement c'était vrai. J'ai un problème d'apparence parce que je suis timide. Je me protège. Une espèce de mythe s'est créé autour de moi. »* Elle paraît presque intimidée, ce disant. Intimidée devant ce qu'elle déclenche. Étonnée de le déclencher...

« Une espèce de mythe »... C'est peu de le dire. Un mythe d'espèce, plutôt. Il n'est que de voir les yeux de vos interlocuteurs briller de

passion aimante ou haineuse au seul prononcé de ces trois petites syllabes. Cé-ci-lia. Son prénom seul, rare au point d'être désormais symboliquement breveté, charrie tous les fantasmes. Toutes les beautés, toutes les folies, toutes les horreurs, toutes les incompréhensions. Cé-ci-lia. Cela résonne comme la promesse d'un conte étrange. Comme un sésame vers le romanesque. Mieux que les Grimaldi, pourtant en haut du podium des sagas affriolantes de célébrités, mille fois mieux que la princesse de Savoie, la reine de Jordanie et toutes leurs congénères, femmes de, filles de, actrices, starlettes et vraies stars, chanteuses d'opérette, aussi belles et désirables fussent-elles. Au tapis, toutes. Détrônées. Au tapis, « amour, gloire et beauté ». Car il y a bien plus, dans Cécilia. C'est simple, il y a tout, dans Cécilia, pour faire un mythe. Le pouvoir, l'amour, la futilité, la vanité, le fol espoir, la beauté, la jet-set, la profondeur, le mystère, la douleur et, pour saupoudrer l'ensemble, la timidité et la hauteur, évidemment, on y revient. La timidité et la hauteur : des intruses dans cette énumération d'attributs ostentatoires et de qualités assurées, semble-t-il. Mais ne sont-ce pas précisément ces intruses qui, par leur secrète immixtion, transforment la célébrité de papier en authentique mythe ?

« Je ne suis rien », elle crie, quand elle a mal de n'être, aux yeux du monde, que cette « femme de » prétendument fantasque. Rien ? Cécilia recèle tout tout tout, et plus encore, pour fasciner. Pas seulement la France. À l'étranger aussi, le mythe a embrasé les esprits, les journaux ne se lassent pas d'étaler en une cette légende des temps postmodernes. Dans l'Hexagone, c'est pire encore. Bien pire. Les Français se sont arrachés, et avec quel empressement, avec quelle hargne, aussi, dans les kiosques, quand il n'en restait plus qu'un exemplaire, le *Elle* avec en couverture sa photo glamour et la promesse d'un entretien vérité. Du jamais-vu ! Ce n'était pas facile, pourtant, de pulvériser les ventes de ce numéro historique de l'hebdomadaire féminin qui exhibait Emmanuelle Béart en naïade très déshabillée. Cécilia n'a pas besoin de se dénuder pour faire vendre. Il lui suffit d'être. Ou plutôt de paraître. Le roman, c'est elle. Ses apparences hautes et au-delà ! Cela méritait bien un portrait... Un portrait à son image : des fragments désordonnés en quête d'une vraie unité. Des fragments d'elle qui ambitionnent de former un tout.

Cécilia n'est pas bien sûre d'être à la hauteur du mythe – elle n'est pas bien sûre que le mythe soit à la hauteur de ce qu'elle est, ce qui revient au même. Mais comment faire ?

Elle paraît hautaine, c'est ainsi. « *Elle est froide mais ce n'est pas exprès* » a délicieusement résumé son ex-belle-mère Andrée Sarkozy, dans un entretien au magazine *Point de vue*. « *Ce n'est pas exprès.* » Sa hauteur a quelque chose d'une fatalité. On la soupçonne de juger, du haut de sa tour de dédain, les choses, les situations et les êtres. La suspicion d'avance passionnée qu'elle inspire, elle l'a littéralement intégrée. Elle s'y est murée, même. Ce sera sa prison. Elle ne cherche même plus à lutter. Pour se rassurer, elle se dit que ça la protège, elle, si fragile, des aspérités du monde. Que sa hauteur est une barrière contre la méchanceté. Elle l'érigera ainsi, désormais. Plus elle est mal à l'aise, plus elle paraît distante. Distante et impénétrable. Indéchiffrable. « *Elle a une vraie timidité naturelle, elle ne vous donnera pas de grande claque dans le dos, elle n'est pas très chaleureuse, mais elle est extrêmement attentive aux autres,* rapportait, il y a quelques années (avant qu'elle ne cesse de l'inviter aux « soirées de Nico »), le chanteur Didier Barbelivien, qui connut Cécilia quand elle était encore avec Jacques Martin : *Elle ne sourit pas trop. Je lui dis : "Je ne comprends pas : dans la vie, t'es hyper cool ; à la télé, tu fais tout le temps la gueule." Elle me répond : "Ça me crispe."* »

C'est si vrai, et tellement non conforme à l'image que l'on a d'elle : les mondanités, médiatiques ou politiques, la crispent. Très tôt, elle a choisi la posture du retrait. De la retraite apparemment hautaine. Il fallait bien tirer parti de sa taille ! En retrait, donc, Cécilia. Partout. Depuis toujours. Elle observe, elle sent, elle hume, elle juge, aussi, c'est vrai. Un *« spectre »*, ils ont dit, les méchants, pendant la campagne. Elle en souffre, elle en pleure. *« Pourquoi ils ne m'aiment pas ? »* elle demande à ses amis – à ceux qu'elle prend pour tels, à tout le moins. Car elle donne facilement sa confiance, Cécilia. Trop facilement. Comme souvent les gens peu sûrs d'eux-mêmes, elle donne sa confiance à ceux qui ne sont pas dupes de ses airs hautains, à ceux que sa fausse distance ne paralyse pas. Elle s'illusionne sur les vertus et la sincérité d'autrui.

Elle, qui peut être si clairvoyante, se fait parfois abuser comme une jeune première. Mathilde Agostinelli et Agnès Cromback, respectivement responsable de la communication de Prada et présidente de Tiffany France, étaient, pensait-on, ses inséparables copines jet-set. Celles sans qui elle ne sortait plus. Celles qu'elle emmena partout avec elle. Celles qui se prétendirent ses amies jusqu'à ce que le divorce fût dûment signé et officialisé. Depuis, plus un texto, même pas pour demander comment elle allait. Depuis, plus rien. Du jour au lendemain. Depuis, c'est « Nicolas » que les deux femmes ne quittent plus. « Nicolas » qui les emmène à New York, à Brégançon, « Nicolas » avec lequel elles font des soirées karaoké jusqu'à 4 heures du matin. Cécilia n'existe plus. *« Des pétasses fardées »*, elle dit, à présent, les yeux chagrins. Tellement chagrine qu'elle ne les appelle plus que par leur nom de famille. Pour les mettre à distance. Cécilia met à distance, quand monte la douleur. Elle se souvient qu'elle est haute et hautaine. *« Fardées et intéressées. Le pouvoir... »* La dureté de ces mots n'a d'égale que la déception, immense. Cécilia a les yeux de l'amie trahie. Abandonnée. Elle demande comment ces deux-là sont avec son ex-époux. Elle voudrait qu'on lui raconte.

Sa curiosité même lui fait mal. Elle dit que *« Agostinelli et Cromback »* exceptées, les autres ne se sont pas détournées d'elle. Quid de la garde des Sceaux, Rachida Dati, dont Cécilia a déclaré avec ferveur qu'elle était rien moins que la *« sœur »* qu'elle n'avait jamais eue et toujours rêvé de trouver, cette petite collaboratrice de son époux dont elle, Cécilia, a fait une ministre ? *« Elle m'a envoyé un SMS il y a deux heures. »* Alors... Alors elle sent bien que la réponse est faible. Elle sent bien qu'il y a quelque chose de triste, dans ce besoin de prouver que cette femme qui lui doit tout ne l'a pas totalement délaissée. *« Je crois qu'elle est mon amie, je la crois sincère. Je peux me tromper, bien sûr. »* Elle sait qu'elle s'est déjà trompée. Elle sait qu'elle peut singulièrement manquer de discernement, parfois. Elle ne méconnaît pas ses faiblesses et ses vulnérabilités. Pas toutes... Elle ne saurait ignorer que son besoin d'être aimée est à ce point immense qu'il a parfois suffi à des personnes malignes de la couvrir de mots doux et doucereux pour qu'elle les fît entrer dans son panthéon affectif.

Elle aimerait ne pas s'être égarée, cette fois, avec son amie la ministre aux yeux de Bambi dont « Nicolas » semble désormais ne plus pouvoir se passer, qu'il emmène dans chacun de ses déplacements à l'étranger, qu'il convie dans nombre de ses dîners parisiens. Cécilia refuse de s'en formaliser. *« Rachida, c'est très simple, elle est coincée entre Nicolas et moi. Moi, je suis son amie. Nicolas, c'est son patron. Elle l'appelle "monsieur le Président." "Oui, monsieur le Président" ; "Bien sûr, monsieur le Président." Elle n'aurait jamais pensé être là, à cette place, alors elle veut y rester. Nicolas lui pose des questions sur moi. Ce n'est pas facile, pour elle. Pour l'aider, je lui ai envoyé un SMS qu'elle a montré à Nicolas où je lui écrivais : "Tu es mon amie, on se voit avec plaisir, mais on ne parle pas de moi, on ne parle pas de Nicolas." »*

Cécilia a poussé cette étonnante abnégation jusqu'à conseiller à Rachida Dati de dire à « Nicolas » : *« Si vous le souhaitez, monsieur le Président, j'arrête de voir Cécilia »* ! Dati l'a fait. Et c'est Sarkozy qui s'est offert le plaisir de jouer les grands seigneurs respectueux des amitiés de ces dames : il a assuré à Dati qu'il n'en demandait pas tant ! Cécilia raconte cela sans paraître en percevoir l'incongruité. Sans paraître mesurer la portée de tous ces mots qui disent le contraire de ce qu'elle prétend prouver ! Elle préfère philosopher : *« Tout est dans* Gala *! Rachida est, avec Rama, l'atout charme du président, comme ils disent. Maintenant qu'il n'y a plus de First Lady, il faut qu'il sorte avec de jolies filles à son bras, habillées en Dior. Des tapisseries. »* Enfin point l'amertume. Fugacement. Vite dissipée. Cécilia n'a pas vraiment accablé Rachida Dati, elle a subtilement dilué sa responsabilité en y associant Rama Yade, qu'elle n'aime guère – Rachida Dati a veillé à ce qu'elle tienne la jeune secrétaire d'État aux Droits de l'homme pour une orgueilleuse patentée – et, surtout surtout, en érigeant « Nicolas » dans le rôle du Dieu-président décideur. « Rachida » et « Rama » étant réduites au statut de mannequins consentantes. *« Je crois que Rachida est* *une fille bien »*, assure-t-elle encore. *« C'est normal qu'elle soit dure, après tout ce qu'elle a enduré ! »* Cécilia est attendrie. Il faut bien se rassurer sur la valeur de ses amies, pour être assurée de la sienne... Quitte, parfois, à manquer de hauteur... Pas assez hautaine, définitivement !

« Pourquoi les gens ne m'aiment-ils pas ? » elle demandait, pendant la campagne, puis au début de son installation à l'Élysée. Réponse de Dati : *« T'es pas con, t'es belle, t'as de l'allure, ton mec t'aime et en plus il le dit devant tout le monde, cherche pas, c'est pour ça ! »*

Voilà qui est loin d'épuiser le sujet. Cécilia sait bien qu'elle paye le prix de son faux air glacé. Mais elle n'a pas le choix, elle ne sait pas porter d'autre masque. Pour qu'il en fût autrement, il eût fallu qu'elle ait assez de confiance en elle. Qu'elle se sente légitime. La légitimité. Sa quête. Son complexe. Profond. Douloureux. Tenace. Son complexe à elle qui renvoie à celui de toutes les femmes, même celles qui pensent l'avoir exorcisé par leur réussite. Un inextinguible complexe et une conquête impérieuse. Cécilia en est le concentré. C'est pour cela aussi qu'elle est mythique. Elle est une incroyable surface de projections de ce que l'on est, de ce que l'on rêve de paraître et de ce que l'on redoute de devenir. Les gravures de mode ne deviennent pas des légendes ! Sauf à toucher, en creux, au drame intime qui traverse chaque femme. Sauf à renvoyer chaque femme à ses contradictions. Sauf à ce que chaque homme, en la regardant, ressente confusément qu'il y a en elle un précipité de femme. Incompréhensible, séduisant, dangereux, fragile, vulnérable, douloureux, complexé. Une femme. Cécilia est ce précipité-là. C'est d'abord pour cela qu'elle ne laisse personne indifférent. Ni les femmes ni les hommes. Trop aimée. Trop haïe. Trop femme. Trop féminine. Trop grande. Une femme qui, à cinquante ans, prétend se rebeller contre les conventions et les carcans qui furent toute son éducation et toute sa vie. Une femme qui doit s'inventer son cadre à elle. Tout de hauteur revêtue. De belle et grande hauteur. Elle qui n'a jamais travaillé que pour servir ses époux et dans leur ombre, aurait eu tant besoin d'exister par elle-même, pour enfin, avoir d'elle une image à la hauteur de son allure fière, grande et belle. Pour qu'enfin la réconciliation s'opère.

Son époux n'a pas cherché à comprendre ce qui l'a poussée, elle, si timide, à prétendre se porter candidate aux régionales de 2004. Ce n'était peut-être pas bien raisonnable politiquement, qu'elle fût sur la liste de Jean-François Copé, comme ce dernier le lui avait habilement proposé, mais ce qui importa, dans cet épisode, ce fut le symptôme. Le besoin de s'affranchir. On aurait suggéré à Cécilia n'importe quoi d'autre qui lui aurait permis de jouir d'un brin d'autonomie, elle eût été partante. Elle a même songé un temps à se présenter aux législatives à Neuilly, puis aux municipales (cf. chapitre III). Elle n'avait pas d'idées préconçues. Elle était désireuse, curieuse, demanderesse, *« candidate à tout »*, comme chuchotait, désapprobateur, Brice Hortefeux, alors l'âme damnée de « Nicolas ». Candidate à tout. Pourvu que Nicolas dise oui. Elle avait peur qu'il dise non, elle le redoutait, elle le pressentait. Il dit non. Elle lui en tint moins rigueur qu'à ceux de ses conseillers qui avaient osé plaider contre sa candidature, à l'instar de Frédéric Lefebvre, alors l'éminent et redouté conseiller parlementaire du ministre de l'Intérieur. La première fêlure avec Lefebvre – qu'elle écartera par la suite du dispositif – date de ce moment-là. La première vraie fêlure avec Nicolas, aussi. Une brisure qui ne dit pas son nom. Parce qu'il avait dit non. Parce qu'il dit non sans même chercher à comprendre. Parce qu'il dit non sans rien proposer en échange. Parce qu'il ne voulut pas voir que sa femme commençait d'étouffer. Certes, il l'aimait, il aimait celle que, dans son livre *Témoignage*, il appelle « C. » avec des trémolos dans le stylo, mais se préoccupait-il de Cécilia ? Il dit non parce qu'il se crut menacé par les velléités d'émancipation de son épouse. Il avait peur qu'elle prenne trop de hauteur. Il avait peur que cela lui nuise. Plus encore qu'elle lui manque. Et comme lui seul comptait... Ensuite, il pouvait bien vouloir l'envoyer libérer toutes les infirmières de la terre... Rien n'aurait su effacer ce non-là.

À l'époque, donc, le risque politique qui servit d'alibi à son refus n'était rien à côté du risque affectif qu'il imaginait s'il acceptait. Il dit non par égotisme enfantin. Il s'est toujours opposé aux ambitions propres de Cécilia. Il ne voulait pas qu'elle grandisse, de peur d'être abandonné. Manque de confiance en lui. Défaut de foi en elle.

Elle aurait rêvé d'écrire un livre où elle aurait parlé d'elle. Il n'a pas voulu. Lui qui passait pour un époux fou d'amour pour sa moitié aimait comme on emprisonne. Il avait une épouse qui ne s'occupait que de lui – une femme de goût, qui présentait bien, s'habillait bien, une femme adaptable, polyvalente, une femme qui parlait espagnol et anglais, une femme dont il pouvait être fier – et il l'était. Il la voulait grande de taille – ça le grandissait lui – mais pas trop haute. Hautaine, cela lui allait bien. Il a toujours trouvé cela *« classe »*. Il la voulait à côté de lui, un point c'est tout.

« Il faut arrêter de parler d'amour tout le temps », tonnait Cécilia, en juillet, lasse d'être enfermée par lui et par tous ceux qui l'écoutaient dans l'amour qu'il ne cessait de proclamer pour elle. Elle savait que ces incantations énamourées la prenaient en otage. Et l'empêchaient de se hisser où elle devait aller : au plus haut d'elle-même.

Lui la ramenait vers lui. Cécilia n'avait jamais fait que cela, s'occuper de lui, après s'être occupée de son précédent époux. *« Je ne me suis jamais occupée de moi,* déplorait-elle à l'époque des ambitions électorales. *Je ne sais pas faire. »* Dès 2002, elle confiait, alors même qu'elle se croyait heureuse, place Beauvau : *« La seule chose dont je manque, c'est du temps pour moi. »* À l'époque, elle croyait encore que ce n'était rien. S'occuper des autres pour éviter de penser à soi. S'occuper des autres comme une fuite. Elle a toujours fait cela. Elle ne sait faire que cela. *« Je ne me sens bien que quand j'aide les gens »*, elle a toujours dit. On eût pu croire à une coquetterie. C'était un aveu d'impuissance. Comme si elle avait considéré ne pas mériter d'être elle-même objet d'attentions. Et d'abord des siennes propres. Sa mère lui avait tout appris, sauf à s'occuper d'elle. On la jugeait moderne, Cécilia, certaines âmes traditionalistes s'en offusquaient, mais la modernité, justement, n'est-ce pas aussi la conquête par les femmes du droit de s'occuper de soi ? Elle en a désormais conquis le droit. Lui reste le plus ardu : l'exercer. Cécilia est cette femme qui, comme beaucoup, court après la modernité et menace de se prendre les pieds dans le tapis des archaïsmes sociétaux. Il ne suffit pas d'avoir des talons plats pour garder l'équilibre...

II

« Je la trouve vaine ! »

« Elle verra bien, mon ennemie,
elle en sera couverte de honte ;
elle qui me disait :
"Où est-il le Seigneur ton Dieu ?"
Mes yeux la contempleront.
Elle va être piétinée,
comme la boue des rues. »

Ancien Testament, Michée 7

Chantal Marchal n'a pas d'elle un souvenir *« ébaubi »*, comme elle dit : *« Cécilia, c'est mon ex-belle-sœur. Elle a été comme une petite sœur, pour moi. Je la connais depuis qu'elle a seize ans, quand je me suis mariée avec son frère. À l'époque, Cécile – on disait toujours Cécile, dans la famille – n'était pas encore très jolie, ses trois frères étaient même inquiets. Elle a éclos vers dix-huit, dix-neuf ans.*

Cécile est née dans la haute bourgeoisie. Sa mère est espagnole, le père de sa mère était représentant de l'Espagne à la SDN. Son père est né en Roumanie, il s'est échappé de Roumanie quand il avait environ douze ans, il a traversé toute l'Europe, il s'est fait tout seul, il refuse d'en parler. Son père et sa mère avaient vingt-cinq ans d'écart, comme Cécile et Jacques Martin.

Cécile n'a pas fait d'études. Après le bac, elle s'est inscrite en droit. Elle a travaillé avec ses parents dans l'affaire de fourrures que son père avait montée exactement en bas de l'hôtel Beauvau. Elle a été mannequin, un temps. Sa mère disait : "De toute façon, elle ne pourra jamais travailler, elle est trop belle." Cécile a une soif de se faire voir ahurissante. Sa mère y est pour beaucoup. Cécile sait très bien tenir une maison, organiser des réceptions. Elle le fait très bien, elle a été dressée pour cela. Sa mère lui a appris ce genre de chose.

Quand elle était jeune, elle connaissait la terre entière, elle connaissait toute la jet-set, mais elle n'avait que peu d'amis. C'est une fille qui n'avait absolument aucune amie vraie. Car les filles ont vite compris qu'elle était prête à tout pour arriver. Toutes avaient peur qu'elle leur pique leur mec. Elle était trop belle.

Elle s'est mariée avec Jacques Martin un peu poussée par sa mère, qui souhaitait la voir épouser une personnalité. Sa mère était si fière !

J'étais très amie avec la première femme de Nicolas, Marie. Elle a été maltraitée. Cécilia et Marie étaient super copines. À Neuilly, les couples Sarkozy et Martin, personnalités de la commune, étaient amis. Cécilia est la marraine d'un des enfants de Marie et Marie est la marraine d'une des filles Martin – à moins que ce ne soit Nicolas. Marie était une fille beaucoup plus discrète. Cécilia est une femme très belle qui a envie de se faire voir. Elle met Sarkozy en valeur. Sarkozy préfère avoir une femme très belle et très bien habillée. Cécilia a beaucoup d'allure, elle se tient toujours droite. Elle est très snob, très arriviste, elle a vu que Sarkozy était un meilleur cheval que Martin. Cécilia fait partie de ces filles qui savent où elles vont.

Elle a quitté Martin en 88-89 en affirmant qu'il lui tapait dessus. Elle a fait un drame immense, en disant qu'il était impossible. Or elle était déjà avec Nicolas Sarkozy. À cette époque, j'ai un peu joué le rôle de grande sœur, je suis allée la voir. Elle m'a répondu : "Que veux-tu que je fasse, maintenant, avec ce type ?" À ce moment-là, Nicolas Sarkozy a sonné à la porte.

Ce n'est pas que je ne l'apprécie pas, Cécile, mais je ne l'estime pas. Je la trouve vaine. »

Ce n'est pas exactement cette femme-là qui quitta le président de la République française.

« *Je n'ai pas changé*, confirme aujourd'hui Cécilia, *il y a des choses en moi qui se sont révélées. Je me suis trouvée.* »

III

« La meilleure d'entre nous »

« Et je l'ai vue aussi cette cour peu sincère. »

Racine
Bérénice

« Cécilia, je l'aime beaucoup, mais ce que je préfère chez elle, c'est son mari. » Ce collaborateur du président a l'art des formules ciselées qui font mouche – et mal. Il affirmait cela à la veille du congrès du 14 janvier 2007, qui intronisa Nicolas Sarkozy comme candidat de l'UMP à la présidentielle. Une fois encore, une fois de plus, cela renvoyait Cécilia à ce qu'elle était : une « femme de ». Irrémédiablement. Elle n'a pas attendu de vouloir divorcer pour rêver qu'il en fût autrement. *« Je suis devenue une femme politique »*, elle affirmait, en 2002, ardente au point de s'essayer à la métaphore : *« À force de filtrer les rayons du soleil, ils finissent par vous toucher. »* Elle se savait touchée. Elle avait tenté de résister, racontait-elle. Après les européennes, elle avait plaidé pour qu'« ils » fassent autre chose. *« Nicolas avait très envie d'arrêter, j'avais très envie qu'il arrête. Puis je me suis dit que je*

n'avais pas le droit de lui conseiller ça. Son engagement politique était trop profond. J'ai fait marche arrière. » Ils continueraient donc à faire de la politique. Ils. Elle aussi. Même chez les femmes très bourgeoisement et conventionnellement éduquées, même chez celles qui n'ont pas fait d'études et pour qui le mariage se doit d'être une fin en soi, même chez ces femmes-là, les moins contradictoires d'entre les femmes, pourrait-on penser, à tort, le stéréotype de la servitude volontaire n'est jamais à l'abri d'une fissure. Il suffit que s'instillent un doute existentiel, un peu d'ambition pour soi-même, un appel des profondeurs. Toutes les femmes le savent. Tous les hommes devraient s'interdire de l'oublier. De bourgeoise censément arriviste, Cécilia est devenue un mythe pour avoir accepté que ladite fissure lézarde tout le mur de sa vie. Une icône de féminité sans une once de féminisme – elle n'en a ni le bagage universitaire, ni la culture, ni les codes.

À partir de 2002, Cécilia se plut à penser qu'elle briguerait un jour un mandat électif. *« J'adore mon métier »,* certifiait-elle encore, à ce moment-là. « Mon métier ». La terminologie présentait quelque incongruité. Quel métier ? *« Femme politique »,* parbleu ! C'est elle qui l'affirmait. Comme une revendication. Las, on l'a vu, Nicolas Sarkozy n'a jamais voulu lui reconnaître ce statut. Elle en aurait rêve, pourtant. Elle en rêvait. En novembre 2004, elle assurait très sérieusement, au sujet des municipales à Neuilly : *« Je serai vraisemblablement candidate en 2008 et je réfléchis à un programme avec une petite équipe. Je veux être élue sur un programme, pas en tant que "femme de". »* On y revient. Elle n'en pouvait plus d'être une « femme de ». Et en même temps elle n'était pas sûre d'avoir la légitimité de prétendre être autre chose. Au moment où elle étayait ses ambitions neuilléennes, on se risqua à lui demander si elle avait un bureau à la mairie. Elle rétorqua, fougueuse et un rien agressive : *« À quel titre en aurais-je ? Je ne suis rien ! »*

C'est l'époque où elle admirait Ségolene Royal, au grand dam de Jean-Pierre Raffarin, le rival régional de la dame du Poitou. Ségolène Royal. Une « femme de » qui existait par elle-même. Pour elle-même. Ce dont rêvait Cécilia. Après toutes ces années dans l'ombre de son époux, elle y songeait, donc. À haute voix. Au sein du cabinet de Nicolas Sarkozy, on lui rit symboliquement au nez. Et elle se tut, blessée, meurtrie, rabougrie. Son mari avait d'autres ambitions pour elle. Elle voulait un rôle officiel ? Qu'à cela ne tienne. Il en fit sa chef de cabinet à l'UMP. Et elle s'enferma un peu plus encore dans le service à son époux. Et il lui parlait comme on parle – mal – à la collaboratrice qu'elle était devenue. *« Il lui disait toujours : "T'es conne !" et aux autres il disait : "Elle est géniale" »*, relate Isabelle Balkany, femme de Patrick et confidente de Cécilia. Laquelle ne retenait que ce qui lui était destiné : *« T'es conne ! »* Et elle souffrait...

À l'hiver 2005, elle crut bon de préciser, alors qu'on ne lui demandait rien : *« Je suis de plus en plus amoureuse de mon mari. Et lui aussi. »*... Elle cherchait à se rassurer. Pas seulement sur son couple. Sur son « métier », aussi. *« Les gens de ce parti me respectent, maintenant. Car je suis là de l'aube à la nuit. Je bosse et je ne me mets pas en avant. Je suis protégée. »* Elle ne l'avait jamais moins été, protégée. Et elle ne pouvait l'ignorer. Elle était tellement malheureuse, à l'UMP, perdue dans ce monde misogyne. *« Dans ce parti, il n'y a que des homos et des machos. J'en ai marre, des homos et des machos. Marre ! »* maugréait-elle alors, la voix brisée. Injuste, bien sûr. Mais à cette époque, elle était tendue comme un arc, tout le temps au bord des larmes. Elle voulait arrêter ce job. *« Pourquoi on n'a pas des nanas intelligentes à l'UMP ? Des Ségolène, quoi ! »* Cette question, rhétorique, sonnait comme un cri désespéré. Elle savait que ce rôle-là n'était pas pour elle. Elle était tellement malheureuse qu'elle cherchait des exutoires à chagrin, des défouloirs à vindicte : en février 2005, elle eut envie de se lancer dans l'écriture d'un livre satirique, sous pseudo, évidemment, sur le fonctionnement et les mœurs des partis politiques. *« Ségolène Royal, qui est ma copine, me racontera comment ça se passe chez elle. »* Elle n'en ferait rien, évidemment. Elle ne s'y sentait pas autorisée. Du drame d'être « femme de ». Elle ne se sentait tellement autorisée à rien qu'elle s'en irait avec cet homme qui lui montra comment on délace le plus rigide des corsets, un homme qui parvint à lui faire croire que tout était possible. *« Richard Attias lui a fait la totale. Dans ces cas-là, les princesses se barrent avec l'électricien en chef, estrades et luminaires »*, persifla à l'époque Pierre Charon, l'ami de « Nicolas », rebaptisé « conseiller rire, chansons, fêtes et potins », notamment pour son rôle-clé dans le divertissement d'un Sarkozy déprimé.

Quand elle revint, Cécilia prit sa revanche sur tous ceux qui l'avaient méprisée d'une façon ou d'une autre, à cette époque noire, ainsi que sur tous ceux qui n'avaient pas su tenir la barre entre « Nicolas » et elle, pendant son absence. *« Quand je suis revenue, je n'avais plus le même regard. Sur personne. »*

Son époux ne lui avait pas accordé le droit d'être une femme politique à part entière, elle serait une femme d'influence. De toutes les influences. Plus influente que n'importe quelle femme politique. Il la voulait comme une simple muse, il l'aurait comme muse absolue. *« Conseillère en tout »,* selon son expression.

Ce serait sa modernité à elle, de n'être cantonnée à rien. Quitte à n'être que « femme de », comble de l'archaïsme, elle serait la « femme de » qu'elle voulait. Pas une Danielle Mitterrand ou une Bernadette, ah ça non ! Cécilia ferait ce qu'elle voudrait. Elle serait là où elle voudrait. Quand elle voudrait. Elle défierait l'archaïsme. D'où les conflits de genre – et d'époque.

Cécilia n'a jamais joué un rôle aussi influent que pendant cette campagne présidentielle où elle était là sans être là. Elle avait beau dire, à l'époque, la main sur le cœur, sincère – c'est bien le pire : *« Je ne veux en aucun cas jouer un rôle officiel dans rien »*, elle avait beau avoir décidé qu'on ne l'y reprendrait plus, à se mêler de tout, et du reste, elle avait beau avoir décidé de se « protéger » de ce monde politique qui l'avait *« déjà tuée une fois*, disait-elle en décembre 2006, *cela n'arrivera pas une deuxième fois, je ne m'y replongerai jamais »*, elle replongea. Envers et contre elle. Envers et contre tous. Pour lui.

Quand elle revint, elle le fit pour lui, pour l'aider dans sa conquête de la magistrature suprême. Parce qu'il avait besoin d'elle. Parce que la « bande » d'amis et de collaborateurs, si talentueux et zélés fussent-ils, avait montré ses limites. Brice Hortefeux, Pierre Charon, Laurent Solly, Frédéric Lefebvre, Franck Louvrier, tous ceux-là, et quelques autres compagnons de route, avaient fait rempart de leur amitié et de leur dévouement, quand elle était partie. Ils avaient entouré, diverti, occupé, bichonné, écouté, rassuré « Nicolas » dans les mauvais jours, ceux où elle n'était pas là. Chacun leur tour. Pierre Charon surtout. *« Pierre a été indispensable pendant cette période-là*, atteste Hortefeux. *Il a été la bouée de sauvetage de Nicolas. Il n'a plus d'enfants en bas âge, il a une femme qui comprend. »* Hortefeux, lui, n'avait pas cette disponibilité.. « Nicolas », donc, ils ne l'avaient jamais laissé seul. Il ne sait pas rester seul, notez. Cécilia l'ignorait moins que quiconque, qui avait appelé quelques-uns des amis de son mari pour leur demander de veiller sur lui.

Ils s'exécutèrent, loyaux, empressés et inquiets. Ils ne le lâchèrent pas d'une semelle, la semaine, le week-end, le matin, le jour, le soir, jusque tard dans la nuit. Pour le meilleur et pour le pire. Comme cette nuit, une des premières de septembre 2005, à La Baule, lors des universités d'été de l'UMP : le soleil s'était couché depuis longtemps, bien longtemps, trop longtemps, on entendait rugir la mer, a quelques mètres, toute la « bande » était là, à la terrasse du restaurant de l'Hermitage, massée autour de Sarkozy qui poussait la chansonnette sur les airs grattés par son ami Didier Barbelivien – « Nicolas », qui ne redoutait que le moment d'aller dormir, avait enjoint au parolier d'aller chercher sa guitare. La « bande » faisait écran, pendant que le leader jouait les jolis cœurs devant les journalistes qu'il avait pris dans ses filets, des journalistes fascinés d'être ainsi embringués dans cette incroyable scène de film. Tout y était : la nuit noire, la mer, la guitare, les paroles mièvres et un candidat à la présidence de la République. Et la « bande » qui pourvoyait à l'alimentation de tous en cocktails colorés. Pour le plus grand plaisir du seigneur, qui, quand il n'envoyait pas des SMS, commandait aux chansons : *« Si j'étais président, Fillon serait Premier ministre. »* Tous, nous étions les acteurs complaisants d'une bouffonnerie marine montée sans préméditation dans le seul dessein de divertir un suzerain sans épouse qui repoussait les limites de la nuit.

La « bande » ne lésina sur rien pour contenter son chef. C'est le propre des féodalités : les amis et féaux conseillers assurent la survie de leur seigneur et maître dont dépend la leur propre. La « bande » sauva « Nicolas ». Mais comment parvenir à lui procurer ce que seule la présence de Cécilia générait : un peu plus d'équilibre et de sérénité ? Ce sans quoi aucun grand homme ne saurait se révéler à lui-même et au peuple. Être doué d'une formidable intelligence tactique et d'une énergie plus torrentielle encore ne suffirait de rien, n'était la capacité de les dominer, de se dominer. De gommer le trop pour garder le très. Sans elle, Sarkozy n'a encore jamais prouvé qu'il avait cette capacité. Quand elle partit avec Richard Attias, il prouva l'inverse. C'est là, seulement là, que chacun prit conscience de l'ascendant comportemental, psychique et affectif qu'elle avait sur lui. Avant, il avait beau déclarer qu'elle lui était indispensable, nul ne pouvait en saisir l'absolue mesure.

La désertion de Cécilia du foyer conjugal eut au moins ce mérite : révéler au grand jour ce qu'elle était pour lui, celle sans qui il ne savait donner ce qu'il avait de meilleur ; celle qui le poussait à grandir, à se grandir, à se hisser vers ce qu'il avait toujours rêvé d'être. Comment s'étonner, dès lors, qu'à son retour Cécilia fût d'emblée revêtue d'une légitimité qu'elle n'avait jamais escomptée ? Elle ne voulait plus se montrer, mais elle était là pour dire ce qu'elle pensait. C'était son rôle, son devoir.

Bien sûr, très tôt dans leur vie commune, Nicolas Sarkozy sollicita ses avis. Très vite il la questionna sur tout et tous. Mais elle demeurait très précautionneuse, alors. Elle savait qu'il était, comme elle le formalisa en 2002, *« très attentif, même à* [s]*es silences ».* Elle mesurait toutes ses réponses, modulait le bruit desdits silences. Leur vacarme, parfois. À son retour de New York, elle se permit de le faire moins. Elle avait pris, par vingt ans d'expérience dans l'ombre de son époux, l'assurance de la professionnelle. Par son escapade amoureuse, elle avait gagné en maturité. En liberté, aussi. Elle avait vu autre chose. Un autre monde.

Elle trouvait que Frédéric Lefebvre, le conseiller parlementaire de Nicolas Sarkozy, avait changé. Elle n'aimait guère son allure, ses cheveux longs, ses airs de parrain autoritaire.

Elle s'interrogea aussi sur la duplicité de Pierre Charon, suspecté par elle d'avoir organisé les week-ends en Corse, les dîners privés avec de belles actrices ou de séduisantes journalistes.

Le seul qui trouva grâce à ses yeux était le mal-aimé des autres : David Martinon, alors conseiller diplomatique du ministre. Parce qu'il n'était pas de la « bande », comme elle disait. Cette « bande » de collaborateurs jaloux de leurs prérogatives auprès de son époux, cette « bande » de ceux qui avaient été les témoins des frasques et autres divertissements lorsqu'elle était partie, cette « bande » au sein de laquelle son retour avait déclenché la peur de perdre du terrain et de l'influence, cette « bande » qu'elle se mit à haïr parce qu'elle s'en sentait exclue. Martinon en était exclu, lui aussi. Frère en exclusion, donc. Petit frère. Elle le prit sous son aile, comme elle fit avec Rachida Dati, alors collaboratrice également tenue à distance par cette fameuse « bande », « Rachida » qui, de surcroît, n'avait cessé de lui déclarer son amour, depuis son départ pour New York. Sa « sœur ». Une double sororité, dans le cas de Dati : la sororité des exclus de la « bande » et celle des femmes qui se battent pour se réaliser dans un monde d'hommes machistes. Cécilia avait besoin de couver une fratrie. Martinon et Dati. Elle ne les lâcherait plus.

Laurent Solly connut le sort inverse. C'est elle qui le promut quand Sarkozy quitta Beauvau pour Bercy. Elle ne pouvait plus supporter le chef de cabinet d'alors, Michel Camux. Laurent Solly, elle l'adorait. Ce jeune homme bien mis, bien élevé et efficace, qui lui donnait du « Madame » à tout bout de champ, elle le présentait aux uns et aux autres avec fierté. Il était sa recrue. Son obligé. À l'UMP, elle avait son bureau à quelques mètres du sien, au même étage, ils avaient une secrétaire commune. Elle le portait aux nues. À son retour, la confiance était rompue. Elle n'avait pas compris qu'il ne gardât pas le contact avec elle pendant son absence, pas compris qu'il tournât la page.

Brice Hortefeux aussi fut tenu à distance. Mais lui, c'est un peu différent. Cécilia et « Brice » ont toujours été rivaux. Leur histoire est celle d'une rivalité amoureuse historique entre le favori et la favorite. Il était là avant elle. Pour lui comme pour elle, tout réside dans cette antériorité. Lui l'a toujours revendiquée, elle n'a jamais cessé de chercher à la faire oublier. Quand Cécilia arriva dans la vie de « Nicolas », il lui fallut s'imposer, et d'abord au premier d'entre les confidents, « Brice », qui était très lié à Marie, la première épouse. Une première épouse qui savait rester à sa place, contrairement à la future nouvelle. Hortefeux n'aimait pas franchement que l'on se piquât de donner des conseils politiques à « Nicolas », sa prérogative exclusive, pensait-il. Le pire des moments pour Cécilia fut le ministère du Budget. Elle n'était pas encore la femme officielle de « Nicolas », elle avait le sentiment de n'être pas admise, pas respectée. *« Chacun avait sa sphère d'activité, pas elle, la pauvre ! Elle se sentait méprisée »*, se souvient Hortefeux, un tantinet condescendant. Il est vrai que les huissiers ne saluaient même pas l'irrégulière...

Entre eux deux, rien n'était vraiment simple, mais ce ne fut pas la guerre totale. C'est même Cécilia qui, en 2002, insista pour que Nicolas Sarkozy, lors d'une conversation téléphonique avec Dominique de Villepin, alors secrétaire général de l'Élysée, demandât que Brice Hortefeux entre au gouvernement. Hortefeux ne l'a pas oublié. Cécilia n'a pas davantage oublié que *« Brice »* s'était *« étonnamment bien conduit »* (sic) quand elle partit avec Attias. Ils se parlèrent souvent. Il veillait sur « Nicolas ». Elle ne pouvait s'empêcher de vouloir s'en assurer. Le favori était seul en lice, à présent. Il pouvait être beau joueur. Il était adorable avec elle. Il n'avait jamais dit autant de bien d'elle. Elle non plus. C'étaient des gentillesses par-ci, des complicités par-là. Qui ne survécurent pas au retour de Cécilia. Il la jugea dangereuse pour son ami « Nicolas ». Elle le soupçonna d'avoir recommencé à médire. Et la vieille rivalité eut tôt fait de supplanter les affectueuses civilités des mois d'absence. Aux yeux d'une Cécilia revenue de New York avec la ferme intention de ne plus rien subir de ce qui l'avait humiliée pendant les quinze années précédentes, Hortefeux devint le symbole de ce monde qui l'avait rejetée. *« Avec Cécilia, favori en septembre, banni en décembre*, pestait alors Hortefeux, conscient d'être passé dans la seconde catégorie. *Avec elle, il y a beaucoup d'irrationnel.* »

Injuste, le fut-elle ? Peut-être. Mais, comme le disait le désormais conseiller parlementaire du président Jérôme Peyrat, et tant d'autres avec lui, même ceux qui ne l'aimaient pas, elle : *« Elle est celle qui est le plus à même de protéger Nicolas de ses propres démons. »* C'est elle qui fut le pivot psychologique et politique de l'organisation de cette campagne. C'est elle qui souhaita, choisit et organisa, même de loin, le QG du candidat, rue d'Enghien. Elle n'équilibrait pas seulement Nicolas Sarkozy, mais aussi son monde autour. *« Elle modifie l'écosystème autour de Sarkozy »,* estimait Nathalie Kosciusko-Morizet, aujourd'hui secrétaire d'État à l'Écologie. Elle l'avait toujours fait. Mais cela se voyait davantage. Elle-même n'était pas visible. L'insaisissable Cécilia mit des veto. Elle fut, comme s'en plaignit l'un des « Sarko boys », la *« reine des purges ».* Ils en avaient tous un peu peur. *« On n'est pas à l'abri d'une balle dans la nuque. »*

Elle liquida le publicitaire Frank Tapiro. Elle travailla avec l'ex-conseiller de Chirac Jean-Michel Goudard – c'est elle qui le fit entrer dans le cercle, avant de s'en détourner. Il devint un de ses contempteurs. *« Cintrée, butée. »* C'est ainsi qu'il la qualifierait désormais. Des épithètes cinglantes qui sortaient de toutes les bouches, ou quasiment, y compris celle du vénérable Édouard Balladur, coutumier de plus d'onctuosité... Exit Goudard, donc. Cécilia fit venir cet autre communicant, François de La Brosse, le mari d'une de ses copines. Une arrivée vilipendée par la « bande ». On l'en tint, elle, pour responsable. *« François effectivement est un copain, mais ce n'est pas parce qu'il est un copain qu'il est incompétent. Pour quelle raison aurait-il moins de crédibilité que Tapiro ? »* s'insurgeait-elle alors. *« Ils ont inféodé Tapiro. Tapiro a fait allégeance. François, lui, n'est pas inféodé. »* Tapiro ne résista pas à ce jugement. Et la « bande » fut sommée de composer avec François de La Brosse, qui plastronnait : *« Le deal a été clairement posé : je n'ai qu'un seul patron via la patronne. »* C'était clair, en effet.

Elle avait beau prétendre le contraire, elle était la « patronne ». Et la « patronne » voulait que Nicolas *« s'aère »*, comme elle affirmait. *« Il faut qu'il prenne des idées de gens qui ne sont pas dans la politique. On a besoin de cela, aussi. Sans quoi les hommes politiques sont très isolés. Pour quelle raison le cabinet devrait-il vivre en univers clos ? »* elle s'insurgeait, en décembre 2006. *« En quoi un cabinet ministériel serait-il compétent pour une campagne présidentielle ? »* On n'avait pas ouvert la bouche que déjà elle en rajoutait : *« C'est normal que Nicolas s'ouvre avec François de La Brosse, Henri Guaino, José Frèche. Plus il s'ouvrira, plus il prendra de l'ampleur. »* L'ouverture, elle y veilla. Ce fut sa marque de fabrique à elle avant d'être celle de quiconque. Elle considérait que Nicolas Sarkozy avait besoin d'elle, pour ça. Elle considérait qu'il fallait bien cela, pour combattre le « Sarko facho » qui l'avait tant meurtri, lui, qui lui avait fait tant de tort. Elle considérait qu'elle pouvait l'aider à n'être plus ce qu'il avait toujours été : un homme de clan. Nicolas Sarkozy le considéra aussi. Il la laissa faire. Elle fut l'artisane de la promotion de Rachida Dati, ce n'est un secret pour personne, mais aussi de celle de Christine Lagarde, qu'elle jugeait classe et compétente – on le sait moins. Sans elle, ni Lagarde ni Dati n'en auraient été.

Sans elle, aussi, Henri Guaino aurait peut-être été contraint de mettre à exécution sa menace de démission. C'est à la porte de Cécilia que la « plume » vint frapper et brandir ladite menace le 9 novembre 2006, jour funeste où Claude Guéant se permit, ô affront, de faire réécrire le discours de Saint-Étienne. Guaino, qui avait demandé à voir Nicolas Sarkozy d'urgence, n'avait obtenu aucune réponse. Alors il s'en était allé la trouver, elle. Le recours. Elle lui arrangea un rendez-vous avec Sarkozy, le jour même, après le déjeuner. Dorénavant, plus personne n'oserait retoucher les textes du conseiller, à quelques exceptions près... Guaino se tint néanmoins très largement en retrait de la guerre entre les pro- et les anti-Cécilia : *« Elle l'équilibre, c'est sa vie, c'est son truc, ça ne me bouffe pas d'espace. »*

C'est elle qui convainquit son époux de promouvoir Rachida Dati et Xavier Bertrand porte-parole, contre l'avis de tous, et d'abord de la « bande », au premier rang de laquelle Brice Hortefeux, qui ne comprit guère ces choix si peu orthodoxes. Cécilia le savait, s'en amusait, assumait. *« Xavier Bertrand, c'est un homme vrai, qui a une éthique, une droiture, un engagement. Un homme politique qui ressemble à la France profonde, à cette France qui est toujours mal représentée. Il a un côté rond et rassurant. J'aime le bonhomme, c'est un mec bien, extrêmement loyal »*, jugeait-elle alors. *« Rachida Dati, les gens n'osent pas en dire du mal, uniquement parce que c'est une beurette sortie des banlieues. Sa spécificité la protège. Elle est mignonne comme un cœur, futée comme ce n'est pas possible. » « Ensemble, ils forment un couple atypique et très harmonieux. »* Cécilia n'avait plus peur d'avoir de l'influence. Et des jugements tranchés sur les uns et les autres, qu'elle gardait pour son époux et ses amis. Elle refusa d'exprimer dans les médias – qu'elle fuyait – ce qu'elle déclarait en privé : *« Oui, c'est moi qui les ai choisis. Pour amener des gens nouveaux, pour élargir le cercle des gens autour de Nicolas. »*

Elle combattit le clan, donc. Sans relâche. Pour lui. Pour « Nicolas », assurait-elle. Elle seule fut suspectée d'être l'auteure des évictions, des promotions. *« C'est plus facile de me charger moi que de charger Claude ou Nicolas,* relevait-elle après le lancement de la campagne officielle. *Ceux qui râlent parce qu'ils ne sont pas dans l'organigramme de campagne, ils chargent la mule parce que ça leur donne une justification au fait d'en être ou de ne pas en être. »* Pause. *« C'est moi, la mule ! »* C'est elle, encore, qui fut tenue pour responsable de l'établissement de la liste des collaborateurs conviés aux sacro-saintes réunions du dimanche soir. Les évincés oublièrent que c'était surtout Guéant qui était aux manettes, pour ne retenir que son fait à elle.

« Ce n'est pas moi qui invite les gens le dimanche ! Ce n'est pas vrai ! C'est faux ! » Elle hurlait presque, à l'époque, quand on l'interrogeait. Ils ne la voyaient pas, elle n'assistait pas aux réunions, elle se protégeait, elle se cachait, ils fantasmèrent. Elle sait qu'ils la soupçonnèrent d'avoir sur eux *« un pouvoir de vie et de mort »* : *« Il y a beaucoup de paranoïa.*

Ce sont des jeunes mecs qui se sont retrouvés gonflés de pouvoir et qui se sont pris pour les princes de Paris. Ils ont fait bloc autour de lui quand il a eu des problèmes et j'en suis très heureuse. » Bonheur de courte durée...

« *Quand je suis revenue, ils ont compris qu'ils allaient perdre une partie de ce pouvoir. Ils ne veulent pas d'intrus, de nouveaux venus. C'est une équipe, une bande. Quand je les vois se retrouver au Bristol...* » (cf. chapitre VI). Encore ce sentiment d'exclusion. Elle souffrait des médisances qu'ils colportaient sur elle dans Paris, croyait-elle, et dont les échos lui parvenaient par bribes. Elle n'en revenait pas de toute cette méchanceté ! Elle, elle croyait n'agir que pour le bien de « Nicolas » et dans ce qu'elle jugeait être de la légitime défense. Car elle se sentait agressée, visée. « *Ils n'ont qu'une envie, c'est que je me tire à nouveau !* » Elle le répétait et le répétait encore, à chaque fois qu'elle se sentait attaquée par la « bande », ou par la presse – ce qui revenait au même, à ses yeux, la première informant la seconde. Cécilia se sentait coincée. Piégée. « *Quand je m'exposais, on me tapait. Maintenant que je me protège comme jamais, c'est pire. Que me reste-t-il ? On m'a trop tapée. Je n'ai plus le cœur assez épais* », se désolait-elle, en janvier 2007.

Parfois, les racontars qui lui revenaient aux oreilles lui tiraient un long râle désespéré, comme en décembre 2006 : *« Si seulement ils savaient à quel point c'est faux, à quel point je suis à des années-lumière de tout ça, à quel point je m'en fous. Je me fous de ce pouvoir. Je me fous du pouvoir tout court. »* Ne l'a-t-elle pas prouvé, aujourd'hui ?

À l'époque, elle les terrorisait. Depuis ce jour de septembre 2006 où tous se réunirent chez Brice Hortefeux, au ministère délégué aux Collectivités territoriales, pour parler d'elle, elle ne cessa plus de les soupçonner de se retrouver au Bristol (décidément ! cf. chapitre VI) pour comploter. Et elle n'en finit plus de suspecter Hortefeux d'être à la tête de cette *« bande malfaisante »*. Elle s'employa à en convaincre son mari, qui, au fur et à mesure de la campagne, en vint à croire ce que Cécilia disait sur « Brice ». *« Brice a dit du mal de moi à untel »*, se plaignait-elle auprès de Nicolas Sarkozy. Lequel le reprochait à Hortefeux. « Nicolas » ne voulait pas d'ennui avec Cécilia, il croyait de moins en moins aux dénégations de son ami « Brice », lequel souffrait de plus en plus de la suspicion de son ami de trente ans. *« J'en connais assez peu qui disent du bien d'elle »*, avouait Hortefeux, au début de la campagne présidentielle. Mais encore ? *« Celui qui en dit du bien, c'est Nicolas. »* Ah !

Hortefeux, lui, se taisait. « *Cécilia, c'est un sujet extraordinairement sensible pour Nicolas,* affirma-t-il en janvier 2007. *Il est à cran sur la moindre demi-ligne qui est écrite à son propos. C'est de la dynamite, ce sujet !* » Il ne pouvait s'empêcher de constater néanmoins : « *Je lis partout que c'est elle qui décide de tout. C'est vrai.* » C'était si vrai, au moment où il le releva, quelques jours après le congrès d'intronisation du candidat Sarkozy, le 14 janvier 2007.

Car elle mit « *son nez* », comme elle l'avoua à l'époque, et tout le visage avec, et plus encore, dans l'organisation de ce meeting. « *J'ai été chercher les meilleurs* », expliquait-elle dans le mois qui précéda cette grand-messe. « *J'ai l'habitude d'organiser des meetings et des gros bazars de ce genre. J'ai fait appel à des gens extérieurs auxquels je fais confiance. J'ai fait appel aux meilleurs. J'ai lancé tout tout tout !* » Tout tout tout ! Elle ne cherchait même pas à minimiser son rôle. « *J'ai présenté six ou sept personnes à Nicolas. Après, ils se débrouillent, je ne participe pas aux réunions.* » Vrai et faux. Elle n'était pas aux réunions, mais elle vérifia « *tout tout tout* », jusqu'aux cartons d'invitation des « publics spéciaux », selon la dénomination consacrée. Jusqu'à la nourriture – elle voulait de la choucroute et du saucisson à volonté, il y eut des plateaux repas payants. Preuve qu'elle n'eut pas gain de cause sur tout... Renaud Le Van Kim, le réalisateur qu'elle avait fait venir, fut son donneur d'ordre. Elle « tua » le premier régisseur, retravailla la musique avec un compositeur, peaufina le film qui devait être projeté. Ce congrès, c'était sa réalisation, son enfant. Il n'était que de voir combien elle se réjouit de son succès : *« Le congrès n'était pas pharaonique, mais il était de son temps,* fanfaronna-t-elle le lendemain. *C'était très dépouillé, pour une fois. On est allé à l'essentiel. C'est ce que je voulais ! »* Elle « voulai[t] » ! Une volonté si envahissante qu'elle ne pouvait que provoquer des jalousies.

« C'est elle qui décide de tout. C'est vrai », déclarait donc Brice Hortefeux. Sur le talent politique de Cécilia, il n'ira jamais au-delà de cette phrase lapidaire, prononcée à un moment où leur relation n'était pas encore totalement dégradée : *« Elle a des intuitions. »* Des intuitions, il disait. *« Elle a bien plus d'intuition que Nicolas »*, estimait au même moment Jérôme Peyrat, autrement plus laudateur. *« Il est dix fois meilleur quand elle est là. Il fait tout avec tellement plus de facilité,* poursuivait Peyrat, à l'époque de l'installation à l'Élysée. *Cette maison a plus d'âme si elle est là. »* Cécilia l'a toujours bien aimé, Peyrat, il faut dire. Les plus fervents défenseurs de Céci-

lia n'étaient pas ceux qui lui devaient le moins... Celle qui lui devait le plus, Rachida Dati, filait la métaphore : *« J'ai toujours vu Sarkozy en apnée quand elle n'était pas là. Je lui ai toujours dit : "Votre tuba, c'est elle" »*, confiait-elle la veille de sa nomination Place Vendôme. François de La Brosse n'était pas en reste, à la même époque : *« Cécilia a beaucoup de QE* [quotient émotionnel], exposait-il. *C'est une fille qui marche à l'affect. De tous les conseillers de Nicolas, c'est assurément la meilleure d'entre nous. »* Bigre ! La meilleure d'entre nous. Il avait osé, lui, le publicitaire gouailleur amateur de formules chocs ! Il ne l'avait pas trouvée n'importe où, cette phrase : il avait puisé dans le répertoire sacré des compliments maudits ! Le jugement de Chirac, célèbre, a porté malheur à Alain Juppé... Comme Chirac naguère avec Juppé, Nicolas Sarkozy disait d'elle du bien, trop de bien, à beaucoup de monde, trop de monde. Comme Chirac naguère avec Juppé, il contribua à la faire détester par l'expression d'une préférence affective non négociable. Si tant est que Cécilia ou Juppé ait eu besoin d'aide, pour se faire détester. Mais quand même... *« La meilleure d'entre nous ! »* François de La Brosse n'avait fait qu'exprimer la pensée de Nicolas Sarkozy...

« Elle a dans un certain nombre de domaines une expérience que nous n'avons pas. » La sentence, précise et appliquée, est signée Claude Guéant, qui sut toucher le cœur de la femme du patron, quand celle-ci revint de sa fugue amoureuse. *« Vous savez, madame, les fleurs étaient changées chaque jour, pendant votre absence »*, lui rapporta-t-il en traversant le bureau qu'elle occupait place Beauvau. Elle crut voir des larmes dans ses yeux. Elle ne tarirait plus d'éloges sur lui, désormais. Lui non plus. Pour parler d'elle, Cécilia n'avait pas des mots fondamentalement différents de ceux de Guéant. Plus enflammés, peut-être. *« J'ai vingt ans d'expérience professionnelle, j'ai plus d'expérience qu'eux, cela fait vingt ans que je n'ai pas lâché Nicolas d'une semelle, on ne va pas m'apprendre les chinoiseries »*, s'empourprait-elle en décembre 2006, pour justifier ses immixtions. Que ceux qui prétendraient lui apprendre les « chinoiseries » se lèvent. Qu'ils prennent la porte ! Ils y furent contraints.

Lors de l'arrivée à l'Élysée, c'est elle qui supervisa, main dans la main avec Guéant – on n'a pas mesuré combien le secrétaire général s'est appuyé sur elle, abrité derrière elle, pour promouvoir ses affidés et écarter les plus rebelles à son autorité –, la réformation de l'équipe. Des secrétaires comme des collaborateurs. Rue Saint-Dominique, dans les bureaux provisoires où s'installa Nicolas Sarkozy en attendant sa prise de fonction officielle, elle reçut beaucoup, notamment pour compléter le secrétariat particulier du président tout juste élu. Elle considéra que ceux qui lui avaient manqué pendant la campagne, et avant, n'avaient pas leur place à l'Élysée. C'en était fini de Frédéric Lefebvre, Laurent Solly, Pierre Charon, etc. *« Ces gens-là, ils dégagent ! »* Franck Louvrier devait-il rejoindre ses amis dans l'opprobre ? Elle se posa la question. *« Franck a pris le melon, je pense qu'il fait du tort à Nicolas. S'il n'accepte pas d'être sous les ordres de David, il ira ailleurs ! »*, menaçait-elle à son retour de Malte. Lui fit-on remarquer l'importance de ses jugements aux yeux de son président d'époux, elle rétorqua : *« Nicolas n'a pas besoin de moi pour savoir ce qui est bien. »* Voire. Une seconde plus tard, elle demanda si *« Emmanuelle Mignon faisait partie de la bande »*. « La bande ». Jamais désignée autrement par elle. « La bande ». Son obsession. *« J'ai formé une équipe qui est top. Les gens seront simples et honnêtes comme nous. Des gens droits, bien, frais. Des gens à notre image. Des gens qui ne feront plus de pressions. C'est fini, tout ça ! »* Quelques jours plus tard, Martinon eut ce commentaire, en privé : *« Justice a été rendue. Nicolas et Cécilia y ont veillé. Surtout Cécilia. »* Cécilia qui n'avait plus peur de conjuguer son influence à la première personne du singulier : *« J'ai formé une équipe. »*

Sur le choix des ministres aussi, elle eut son mot à dire. *« On était d'accord sur tout, avec Cécilia ! »*, exultait l'essayiste et si influent conseiller de l'ombre Alain Minc, après la nomination du gouvernement. *« Cécilia et moi, nous étions les seuls à être pour Rachida Dati »*, illustrait-il. « Les seuls ! » La satisfaction semblait infinie. *« Cécilia disait, à propos d'une ministre putative : "Celle-là, je ne la supporte pas, c'est une traître !" Je lui répondais : "Les anciens traîtres, je m'y fais, pas les nouveaux !" »* Il n'en finissait pas de raconter, gourmand, sa complicité avec la femme la plus puissante de France, pensait-il. La seule fierté de cet homme riche du talent qu'il a toujours mis à mesurer l'influence de ses interlocuteurs valait tous les brevets.

« Il faut que tu voies Cécilia ! » Combien sont-ils à avoir entendu Nicolas Sarkozy leur dire cela, assis derrière son grand bureau de président ? *« Il faut que tu voies Cécilia »*, ordonnait-il, avec l'air de celui qui pensait que les conseils qu'elle lui donnait à lui pouvaient en aider d'autres. Des collaborateurs, des ministres. Il continua de le dire jusqu'à ce qu'elle parte. Pour qu'elle ne parte pas, peut-

être... Parce que c'était le plus haut statut qu'il pouvait lui accorder, à elle qui n'était que sa femme et dont il n'entendait pas qu'elle fût autre chose. La meilleure d'entre eux. Avec toujours, pour elle, la suspicion, aux yeux des autres et à ses propres yeux – ce qui est bien pire – de n'être ainsi désignée que parce que l'on est la femme du chef. Cécilia voulait être aimée pour elle. Pas parce qu'elle était la femme du chef. Mais le chef ordonnait à ses gens, à sa cour, de l'aimer : *« Il faut que tu voies Cécilia ! »*

IV

Ce que la reine ordonne...

« Il est parfois moins admirable d'user de son pouvoir, que de se retenir d'en user. »

Henry de Montherlant
La Reine morte

« Cécilia, je sais ce que je lui dois. » C'est Rachida Dati qui l'assure, deux jours avant sa nomination Place Vendôme. *« Elle m'a imposée comme porte-parole du candidat. Contre tous. Ils ont tous dit : "C'est un caprice de Cécilia." Si je m'étais plantée, on aurait accusé Cécilia. »*

« Je sais ce que je lui dois. » Rachida Dati savait, à ce moment-là, que Cécilia se battrait, contre tous, contre les mêmes, pour la faire nommer garde des Sceaux ; mais elle ne savait pas que la femme du président la sortirait de cette malencontreuse affaire Michel Dobkine, du nom du directeur de cabinet qui osa refuser de se laisser congédier par la ministre de la Justice.

L'histoire, jalousement tue par les intéressés et inconnue des autres, est éloquente.

Vendredi 6 juillet au matin, Rachida Dati, excédée par Michel Dobkine, son directeur de cabinet – « *C'était insupportable, il me rendait folle, il commençait à 9 heures et partait à 17 heures, je le menaçais, il ne m'écoutait pas, cela faisait trois semaines que ça ne collait pas, je lui tournais autour* » – le convoqua dans son bureau : « *C'est fini, Michel, au revoir, Michel !* » Il commença une phrase en disant : « *Je vous ai sauvée de ceci, j'ai déminé cela, vous ne pouvez pas faire ça !* » La garde des Sceaux lui coupa la parole, en rangeant ostensiblement ses papiers : « *C'est fini, Michel.* » Froidement. Imperturbablement. Puis elle partit en déplacement. Lui se précipita à l'Élysée, chez son confrère Patrick Ouart, conseiller pour les affaires judiciaires du Président : « *Elle est incapable de s'en sortir sans moi ! Elle a besoin de moi !* » Ouart en était déjà convaincu.

Les conséquences ne se firent pas attendre. Alors qu'elle se préparait pour le 20 heures de TF1, le soir même, Dati reçut un appel de Fillon, qui ne voulait pas de vagues : « *Qu'est-ce que vous avez fait avec Dobkine ?* », lui reprocha-t-il. À 22 heures, alerté à son tour, Sarkozy lui téléphona : « *Qu'est-ce qui se passe, Rachida ?* » Elle se justifia, nerveuse. Il ne parut pas exactement convaincu : « *Repose-toi, on en parle demain, viens me voir à la Lanterne.* »

Le lendemain matin, elle s'ouvrit de ses malheurs à Cécilia, croisée par hasard dans un magasin de chaussures, paraît-il. Arriva ce qui devait arriver : Cécilia appela « Nicolas » sur-le-champ. Devant Rachida Dati, gênée. *« Je ne voulais pas »*, jurait-elle. Est-ce si vrai ? Ne sait-elle pas mieux que quiconque qu'il n'est jamais inutile de bénéficier de ce genre de protection rapprochée ? Démonstration : « Nicolas » demanda à la ministre de la Justice de venir le voir illico. Après deux heures passées avec lui, elle obtint son assentiment. Dans la foulée sortit le communiqué annonçant l'embauche du remplaçant de Dobkine.

Il fallait entendre Rachida exulter, en se remémorant cet épisode : *« J'ai viré Dobkine, je l'ai viré ! »* Elle n'en revenait pas elle-même, d'avoir ce pouvoir-là ! Pause. Soupir. *« Le président préfère que je lui parle directement des choses plutôt que de passer par Cécilia. »* Ah ? Surtout, n'en rien faire.

Moralité : Quand on a un problème, il faut toujours aller s'acheter des chaussures...

V

« Nicolas »

« Il fallait, cher Paulin, renoncer à moi-même. »

Racine
Bérénice

« Je ne l'aime plus. Quand je le regarde aujourd'hui, je me demande même comment j'ai pu... » Elle se tait. Elle frémit. Elle sait que c'est sur vingt ans de sa vie à elle que le jugement porte, aussi. *« De quel amour l'ai-je aimé ? Je ne savais pas ce qu'aimer veut dire. »*

Elle n'a pas toujours dit cela, elle ne le dira peut-être pas toujours. En ce matin de novembre où elle confie ces mots, un mois jour pour jour après la signature de l'acte de divorce, elle lui en veut. *« Il ne se conduit pas bien. »* De sombres – et très banales – histoires d'argent (cf. chapitre XII). *« Nicolas est pingre »,* elle dit, elle répète. Mais ce n'est pas le seul grief qu'elle retient contre lui. Elle lui en veut, aussi, pour son goût des femmes, qui fait l'effroi – et le ravissement – de toutes les commères du microcosme, jusqu'aux plus distinguées. *« Nicolas est un sauteur ! »*, récite bravement Cécilia devant ses amis, à présent, avec dans les yeux l'effroi de qui profère un mot terrible. Un mot qui lui arrache la bouche et le cœur. Un mot qui ne lui appartient pas tout à fait. Elle l'a entendu dans la bouche d'autres. Tant et tant. *« C'est ce que tout le monde me dit, aujourd'hui. » « Sauteur ! »* Elle prononce encore ces deux syllabes empoisonnées. Pour conjurer son désarroi.

Quand elle est partie, il y a deux ans et demi, ce n'était pas à cause de ça. Elle assure, la main sur le cœur, les sourcils relevés par la stupéfaction, que nul ne lui avait remis aucun dossier compromettant sur son époux Pas même Villepin ? Pas même Villepin, elle promet. *« Je suis partie parce que je suis tombée raide dingue d'un homme, tout simplement. »* Elle ne savait rien, à l'époque. Elle le jure. Pourquoi mentirait-elle ? *« Pendant dix-huit ans, personne ne m'a rien dit. »* Pendant dix-huit ans, elle n'a rien voulu voir. Après qu'elle est partie avec Richard Attias, les langues se sont déliées. Cécilia frissonne à ce souvenir. *« Personne ne m'avait rien dit pour ne pas me faire du mal. Ils ont bien fait. J'aurais eu trop mal. »* D'une phrase à l'autre, d'un instant à l'autre, elle oscille entre désabusement douloureux – *« Il y a les nanas qu'il saute et dont il ne se rappelle même plus le prénom »* – et naïveté encore plus déchirante – *« Je ne sais pas si c'est vrai, après tout, personne ne l'a jamais vu ou pris sur le fait. »* Cécilia la contradictoire ! L'émouvante, aussi. *« Tout le monde me le dit. Mais je ne peux pas le croire, je n'arrive pas à le croire. »* Contrairement à une très tenace légende urbaine, il n'y aurait jamais eu de flagrant délit...

À quelques jours de sa nomination au gouvernement, Rachida Dati avouait avoir *« peur »* du livre, alors en préparation, de Yasmina Reza. La future ministre de la Justice, amie déjà intime de Cécilia Sarkozy, redoutait que l'écrivain se soit laissée aller à raconter *« comment Nicolas Sarkozy se comporte avec les femmes »*. Mais elle n'osait en parler avec son amie Cécilia. Pour ne pas raviver des blessures déjà *« à vif »*, selon l'expression de Dati. Car Cécilia, étourdie par l'incrédulité, a beau, aujourd'hui encore, se demander *« si c'est vrai »*, elle savait, depuis son départ avec Attias. Elle savait, donc, au moment où Dati s'inquiétait, mais il lui aurait fallu bien du cynisme pour l'intégrer tout à fait.

Les dénégations, révoltées, contre l'évidence, l'insupportable évidence, n'y changent rien, hélas : Cécilia gardera à jamais, fichées dans le cœur, les flèches des incartades supposées de son ancien époux. Une meurtrissure et une force. La première fois qu'elle est partie, elle est partie avec un autre, pour un autre, sans rien savoir ; cette seconde fois, elle est partie seule, pour le même, en *« tirant de la force »*, comme elle le relate à présent, de ce qu'elle savait, désormais. *« Cela m'a aidée à quitter Nicolas. »*

C'est par amour pour « Richard », certes, mais aussi par *« respect »* pour elle-même qu'elle a tenu à divorcer. *« Est-ce se respecter soi-même que d'accepter l'inacceptable ? Je n'aurais jamais pu, moi, comme Danielle Mitterrand, accepter une enfant d'une autre. »*

Elle a beau feindre l'indifférence, aujourd'hui, elle est touchée par la rumeur qui dit qu'une ravissante journaliste a récemment quitté son époux pour « Nicolas ». *« Il paraît que cela fait des mois et des mois »*, chuchote Cécilia, soudain triste. Elle se dit que cela a commencé quand elle était encore là. Elle sait qu'elle ne saura jamais. Elle n'arrive pas à s'empêcher d'écouter – et de relayer – les cancans, comme déjà elle l'avait fait lors de son premier départ. Elle était celle qui était partie, certes, mais elle fut aussi celle qui l'appelait, lui, qui le « harcelait », même, à en croire les amis de « Nicolas », quand le nom d'une de ses amantes présumées – et c'était fréquent – traversait l'Atlantique pour lui revenir aux oreilles. Ils passaient des heures au téléphone chaque jour. Elle lui disait qu'elle allait mal. Il aimait qu'elle le lui dise. Cécilia le regarda lui faire à elle, sur le petit écran, une déclaration d'amour sur France 3, à l'automne 2005. Elle en fut touchée. Elle vint le voir. Elle repartit. Mais la jalousie demeurait, rôdait, lui mordait le cœur, lui mangeait la tête. Le paroxysme fut atteint quand Nicolas Sarkozy commença à présenter une journaliste du *Figaro* comme sa future femme : elle était avec lui pour les quatre-vingts ans de sa mère, assista à des réunions de collaborateurs et, comble, s'assit au premier rang lors du meeting de Nîmes. C'en fut trop. *« Cécilia était ivre de rage »,* atteste Isabelle Balkany, la confidente. *« Tu rentres ce soir et je te jure, mon histoire avec elle, c'est fini. »* Il promettait tout ce qu'elle voulait entendre. Cécilia revint. La remplaçante fut congédiée. Brutalement. Cécilia prétendit que « Nicolas » continuait d'appeler la journaliste, ne supporta pas, repartit. Et revint. Les crises ne cessèrent pas pour autant. La suspicion non plus. Mais Cécilia s'était prouvé qu'elle n'était pas remplaçable.

« Est-elle revenue par jalousie ou par amour ? », demandait à l'époque, un tantinet perfide, l'ami Pierre Charon, qui prenait grand soin de s'interroger de la sorte devant Nicolas Sarkozy. *« Ça lui met le doute »*, assurait-il.

Par jalousie ou par amour ? *« Je suis revenue par devoir »*, criait-elle, à l'époque. *« J'ai malheureusement le sens du devoir »*, constate-t-elle à présent. Et de la culpabilité, qui débordait, qui la submergeait. Elle s'en voulait d'être partie de façon *« moche »*, elle s'en veut toujours de quelque chose Cécilia, c'est son éducation qui l'exige. Elle revint déchirée, écartelée, entre deux devoirs. *« C'était maison schizophrénie »*, proclame-t-elle joliment aujourd'hui, en y repensant. *« J'avais deux vies. »*

Elle tenta d'en étouffer une. Elle décida de brider son amour pour Richard Attias. *« Ce n'était pas un coup de cœur, c'était une vraie histoire »*, racontait-elle, alors, en réprimant des sanglots. Les sanglots de détresse de Chimène :

> « Pleurez, pleurez, mes yeux, et fondez-vous en eau !
> La moitié de ma vie a mis l'autre au tombeau. »

Éclaircissement de gorge. *« Je suis revenue parce que Nicolas a besoin de moi »*, affirmait-elle pour se donner cœur et courage, pendant la campagne, quand elle voulait *« disparaître »*. *« Je ne sais pas si je vais tenir*, s'alarmait-elle en janvier 2007, à quelques jours du congrès d'intronisation de son candidat d'époux. *Je suis mal dans ma peau. Mais je suis là. J'aiderai Nicolas. Je ne suis pas une folle. J'ai beaucoup de choses...*, (elle cherchait le mot) *J'ai beaucoup de respect pour*

Nicolas. » Ce fichu « respect ». Ce que les femmes disent quand elles n'aiment plus leur homme. Mais quand elles ne veulent pas non plus renier leur attachement passé. Les hommes n'ont pas toujours cette délicatesse d'âme... *« C'est vraiment quelqu'un de formidable, mais de mon côté, il n'y a plus la flamme »*, expliquait-elle tendrement. « Quelqu'un de formidable. » Preuve qu'elle n'a pas toujours dit du mal de lui. Elle en a même souvent dit du bien. Beaucoup de bien. Et elle s'est battue contre ceux qui voulaient le blesser, l'abattre. Même quand elle ne l'aimait déjà plus.

Ceux qui ont cru à l'existence d'un pacte – « monnayé », prétendaient les plus mauvaises langues –, entre eux sont passés à côté de l'essentiel : le pacte, car il y en eut un, c'était entre elle et elle.

Elle pense qu'il n'aurait pas réussi le pari de sa vie si elle n'était pas revenue. C'était sa responsabilité. Aucun commentaire ne l'insurge davantage que ceux qui insinuent qu'elle a manqué de respect à la fonction. *« Comment peuvent-ils dire cela ?,* hurle-t-elle, les larmes aux yeux. *C'est tout le contraire ! C'est par respect de la fonction que je suis revenue ! Je me sentais responsable ! »* Elle ne voulait pas que l'on puisse lui reprocher l'échec de « Nicolas ». Elle ne voulait pas pouvoir se le reprocher. Elle se voulait *« nickel »*. Plus forte que ses faiblesses, trop humaines. La victoire de « Nicolas », c'est également la sienne. Elle aussi a atteint ce sommet présidentiel. Par procuration. *« Le chemin de ma destinée passait par le fait d'emmener Nicolas là. Je devais revenir pour l'y emmener. C'était mon devoir »*, elle assène, à présent qu'elle a obtenu le divorce. La sémantique est éloquente : il n'y est pas allé. Elle l'y a emmené. Respectant leur promesse d'autrefois : *« Nous gravirons les marches du pouvoir ensemble. »* Ils n'avaient pas imaginé l'après...

L'avocat associé de Nicolas Sarkozy, Arnaud Claude, avait une formule étonnante, du temps où le couple formait cet inénarrable tandem médiatique : *« Cécilia est la femme idéale pour un homme public : elle accompagne son mari et ne le retient pas. Si toutes les épouses de politiques étaient comme ça... »* Il ne croyait pas si bien dire. Cécilia l'a tant et tant accompagné et si peu retenu que c'est elle qui est partie. On n'accompagne pas impunément Nicolas Sarkozy, semble-t-il. On ne peut pas imaginer Sisyphe, ni Cécilia, heureux...

Cécilia s'acquitta de cette tâche au prix de sacrifices extrêmes. *« Pendant toute ma vie avec Nicolas, pendant dix-huit ans passés avec lui, jamais, à la maison, il n'a mangé avec nous. Je mangeais avec les enfants, lui mangeait un plateau-repas en travaillant. »* Quand elle relate cela, elle voudrait être choquée, elle sent bien que c'est choquant. Mais en même temps, elle ne parvient pas à réprimer l'admiration qu'elle a toujours ressentie pour lui. Une immense admiration qui lui faisait dire, en 2002 : *« C'est une belle mécanique. Quel bonhomme ! »* Elle ne doutait pas, alors, qu'il parviendrait au sommet. Un peu grâce à elle. *« Je suis ambitieuse pour lui »*, susurrait-elle au même moment. Une admiration qui lui permettait de se considérer – un peu – dans son reflet brillant et qui ne s'est pas démentie. *« Il ne serait pas arrivé là où il est, s'il n'avait pas été comme ça. Il ne voyait pas où était le mal. »* Pause. *« Nicolas, c'est un homme politique, il n'est pas de la même espèce que nous, il n'a pas les mêmes codes, pas la même morale. C'est pour cela qu'il est arrivé là où il est. »* Pour un peu, elle lui pardonnerait de ne jamais s'être soucié d'elle. Il ne lui déplaît pas de se vivre comme sacrifiée sur l'autel d'une destinée politique hors du commun, qui n'aurait jamais été possible sans elle et sans ce sacrifice, pense-t-elle. Elle a été là pour le meilleur et pour le pire. Elle est partie quand il a atteint le meilleur. Elle n'est partie que quand il a atteint ce qui, pour lui, est le meilleur. Il y a là une certaine élégance, malgré tout...

Cela donna du sens à sa vie. Alors bien sûr, ce fut difficile à vivre. Une épreuve quotidienne ! *« Un homme qui n'aime personne,* comme elle l'assène aujourd'hui en petit comité, *même pas ses enfants. »* Il s'en est si peu occupé... Par accès. Tout en croyant être un père quasi parfait – *« J'essaie de leur donner ce que je n'ai pas reçu »,* prétendait-il, lui, le fils de divorcés, devant Cécilia qui s'exaspérait de son inconscience. Aujourd'hui encore, elle souffre, elle enrage mais en même temps, cela la conforte dans l'idée que cet homme qui fut le sien est littéralement hors du commun. D'une autre *« espèce »*, selon son mot à elle. Il fallait bien se dire cela pour accepter ce qu'elle a accepté.

Sa réussite, elle est convaincue qu'il la lui doit aussi à elle. Elle sait que lui aussi le sait. Sa dépendance à lui, c'est d'avoir conscience que rien n'aurait été possible sans elle. Sa dépendance à elle, c'est la griserie toute-puissante des femmes qui s'imaginent qu'elles font les hommes. Et qui parfois n'ont pas tout à fait tort... Dès 2002, alors que le couple culminait au sommet de son apparente gloire, elle confia être son *« talon d'Achille »*. Un jour, lors d'un déjeuner d'hiver, elle jeta cette expression entre le plat et le dessert. Rien dans la conversation ne l'y invitait. On la lui fit répéter. Elle était heureuse d'avoir trouvé les mots justes, pensait-elle. Ce n'est pas si fréquent, une femme qui déclare sans ambages être le *« talon d'Achille »* de son époux. Il en faut, de la clairvoyance, sur soi et sur l'autre.

Cécilia avait dès cette époque la conscience sacrée d'être celle qui pouvait le faire et le défaire. La lucidité de se considérer à la fois comme l'atout maître de « Nicolas » et sa faiblesse maîtresse. Très vite dans leur histoire, elle eut un *« immense pouvoir »* sur lui, selon ses mots. Très vite elle devint la femme qui le ferait gagner ou celle qui le perdrait. Elle n'en était pas mécontente, elle en était même comblée, elle qui a toujours éprouvé le besoin de se sentir indispensable. Elle n'aurait su l'être davantage. Nul ne se permit plus d'en douter après qu'elle fut partie avec Attias. « Nicolas », tourneboulé, n'était plus « Nicolas ». Il lui manquait la colonne vertébrale affective qui donnait à son être sa *« verticalité »,* selon le mot de Dominique de Villepin. De ce jour, il ne fut pas malaisé de deviner, à observer la chimie de son être, si elle était revenue ou si elle était repartie, si elle était là avec foi ou si elle était là sans être là. Il n'était pas le même. Bien qu'atténué, c'est encore vrai aujourd'hui... Si vrai...

Il en est attendrissant... et inquiétant. Depuis longtemps déjà, très longtemps, elle avait mesuré que l'extrême dépendance qu'il avait à son endroit, l'engageait elle, l'obligeait, la responsabilisait. « Nicolas », elle a beau l'avoir quitté, c'est une part d'elle-même. *« À nous deux, on est un »,* fanfaronnait-elle, en 2002. Et c'était vrai. En 2007, ce n'est plus vrai. *« Je rêve de me tirer. Avec Nicolas, on n'en parle pas, c'est un non-dit, un non sujet »,* confessait-elle en juillet dernier.

Elle s'est « tirée », certes, mais d'indifférence il n'y a pas. Plus encore que des femmes qu'il a, elle est jalouse de ce qu'il est, lui, de ce qu'il devient. Elle se sent responsable. Vigilante. Par réflexe. Par instinct. En 2002, sommée de définir son rôle, elle affirmait : *« Nicolas s'expose beaucoup. Je le protège. »* Comment arrêter du jour au lendemain de veiller sur un homme que l'on a passé presque vingt ans à protéger, et d'abord de lui-même ? Surtout quand assurer cette protection constitue sa seule utilité sociale. Elle se considéra responsable de lui, même dans la fuite avec un autre.

Responsable, aussi, quand elle s'exaspérait de ce qu'il proclamât partout, tout le temps, qu'il l'aimait. *« Même lui, il faut le protéger, il a un côté ridicule »,* s'inquiétait-elle en juillet dernier.

Aujourd'hui encore, elle se sent responsable. Elle n'aime pas ce qu'il devient. *« Il n'est pas digne ! »*, martèle-t-elle, en citant pêle-mêle les filles et les *« karaokés jusqu'à 4 heures du matin »*. Outrée. Elle qui pendant près de vingt ans s'est assurée qu'il se couche tôt ! Elle s'inquiète toujours de lui comme d'un enfant, fût-il chef de l'État. *« Nicolas, il ne fait pas président de la République, il a un réel problème de comportement. Il faut que quelqu'un le lui dise, j'ai fait cela pendant dix-huit ans, je ne peux plus le faire, je suis désormais la dernière à pouvoir le faire. »* Elle fut conseillère en tout, et d'abord en comportements. Nul ne l'a vraiment remplacée. *« Je pensais que Catherine Pégard* [ancienne chef du service politique du *Point* devenue conseillère politique de Nicolas Sarkozy] *le ferait. Je l'avais fait venir pour cela, pour préparer mon départ. Elle ne le fait pas. Mon amie Béatrice Stern est la seule que Nicolas écoute, aujourd'hui. »* Cécilia ne paraît pas mécontente que « Nicolas » ait invité sa copine Béatrice Stern, qui vit à New York, à venir dîner à la Maison-Blanche, début novembre. *« Une occasion exceptionnelle »*, justifie Cécilia, compréhensive. *« Nicolas n'a pas d'amis. C'est pour cela qu'il s'entoure des miens. »* C'est pour cela qu'il a passé ses vacances d'été au milieu de ses copines à elles. Mais elle était encore là... Désormais, c'est les copines de Cécilia sans Cécilia.

Début décembre, il portait encore son alliance. Le lui fit-on remarquer qu'elle commença par sourire. *« Il finira bien par l'enlever, va... »*, lança-t-elle d'une voix forte. Puis elle soupira : *« C'est ridicule. »* Enfin, la voix baisse : *« C'est un peu triste, non ? »* Mais comment expliquer son insistance et sa persistance à la porter ? insistait-t-on. *« Sans doute pour montrer que ce n'est pas lui qui a voulu »*, affirmait-elle. *« Enfin je pense, je ne le lui ai pas demandé... »*

Quand d'aventure on l'interrogeait sur le sujet fin novembre, Nicolas Sarkozy, lui, répliquait, tout à trac : *« Cécilia aussi l'a gardée ! »* Faux... *« Moi, le jour où j'ai divorcé, j'ai divorcé. Je l'ai enlevée »*, jurait-elle en montrant son annulaire noblement bagué mais pas de l'anneau des épousailles. Elle voulait, elle voudrait croire que tout en elle est cohérent ; elle aimerait faire croire qu'elle n'est que cohérence. Las... C'est au nom de Sarkozy qu'elle fait réserver sa table au restaurant. D'un air harassé et prétendument écœuré, elle se demande comme elle a pu aimer un homme comme ça... mais elle garde son nom. Contradictoire, vous dit-on. Douloureusement. *« Madame Sarkozy »*, dit Vanessa, la secrétaire qu'elle a gardée à l'Élysée. *« Madame Sarkozy »*, dit le restaurateur. *« Madame Sarkozy »* s'est battue pour que le divorce soit prononcé – et officialisé – vite. « Madame Sarkozy » ne sait plus trop bien comment elle s'appelle. Elle pestait, pourtant, en juillet, contre l'horreur hypocrite du phénomène de cour : *« Je veux des gens qui m'aiment pour moi, pas parce que je suis Madame Sarkozy. »* Mais alors, pourquoi garder ce nom, à présent qu'elle s'est battue comme une belle diablesse pour devenir « Cécilia ex-Sarkozy » ? Ce sont les ruses du social ! Pas les moins cruelles, notez. Car, pour les déjouer, la volonté ne suffit pas : manque l'habitude, l'entraînement. Il n'est pas facile d'apprendre à être la femme de personne quand on vient tout juste de faire céder les barreaux mentaux et juridiques de ce qui fut la prison de sa vie : être « femme de ». Cécilia a toujours été à un homme, à un époux, à la cause de cet époux. Aujourd'hui, il lui faudrait apprendre à être à elle-même. C'est sans doute la seule façon de pouvoir, ensuite, redevenir la femme d'un homme en étant assurée de sa légitimité et de sa valeur intrinsèque.

Devant ses amis, Nicolas Sarkozy, lui, certifiait, pas peu crâne début décembre : *« Si elle veut revenir, il faut qu'elle fasse vite, la liste est longue de celles qui aimeraient prendre sa place. Je peux avoir n'importe quelle femme ! »* Même la meilleure d'entre elles ?

VI

Les fauteuils du Bristol

« Qui donc écartait, à tant de distance, le matin d'avant-hier et le soir d'aujourd'hui ? Son voyage à la Vaubyessard avait fait un trou dans sa vie, à la manière de ces grandes crevasses qu'un orage, en une seule nuit, creuse quelquefois dans les montagnes. »

Gustave Flaubert
Madame Bovary

« Allons au Bristol ! Les fauteuils y sont confortables ! » Elle jeta ces mots comme l'aurait fait une jeune fille malicieuse. Comme une minauderie. Comme une provocation. Elle était de passage à Paris, au cœur du tumultueux automne 2005 où sa vie se partageait entre la maison de Richard Attias, dans le Connecticut, et l'appartement du même, dans le septième arrondissement de Paris. Pour déjeuner, elle choisit le bar de l'hôtel de luxe le plus proche de la place Beauvau, où vivait et travaillait celui qui était encore son époux. En arguant du confort des fauteuils ! On se pinça. On lui avait demandé de choisir ce qui lui ferait le plus plaisir. Après moult atermoiements – elle exprima d'abord une envie de japonais, avant d'y renoncer, pour *« ne pas paraître capricieuse »* (sic) –, elle fit un choix.

D'hésitante, elle était devenue catégorique, comme elle sait l'être. *« Les fauteuils confortables du Bristol.* » Si ce n'était pas un caprice ! Un caprice de princesse dont l'inconscient est convaincu que son postérieur appréciera des bergères de style Grand Siècle noblement tapissées. Des bergères dont auraient été ôtés tous les petits pois... Vous ne suivez pas ? Dans l'un des plus jolis contes d'Andersen, la princesse est reconnue comme telle quand, après une nuit passée sur un empilement de vingt matelas et autant d'édredons, elle se réveille avec le corps tout endolori. La reine qui voulait s'assurer que la jeune fille était digne d'épouser son fils est ravie : sang bleu ne saurait mentir, sang bleu est indisposé par un petit pois sous vingt matelas et autant d'édredons. Il y en avait un, ce soir-là. Cécilia a assez prouvé, et de façon assez tonitruante, qu'elle était une « princesse au petit pois », du nom de ce conte fondateur de la mythologie des princesses d'hier et d'aujourd'hui. Elle l'est, comme toutes les femmes qui ont de l'espoir. Comme toutes les femmes qui croient vraiment aux mal nommés contes de fées, avec prince charmant et princesse plus charmante encore – les fées ne sont là que pour les bénir. Comme toutes les femmes qui revendiquent le droit à la futilité. C'est la clé. Le droit à la futilité. Le plus imprescriptible des droits. Le plus enviable, le plus envié, le plus dénigré, le plus méprisé. Le plus féminin, quoi ! Il faut un certain courage, pour revendiquer ce droit-là. Un certain snobisme, aussi. Et pourquoi pas ? Les femmes-princesses sont snobs. Follement snobs, dirait Albert Cohen, qui appréciait autant qu'il méprisait les futilités de la gent féminine.

Le Bristol, hôtel de renom et de qualité sis rue du Faubourg-Saint-Honoré, est certes un établissement de princesse snob mais pas exactement de princesse snob et charmante. Il est, à Paris, des bars d'hôtels de luxe dont les fauteuils sont plus moelleux et plus accueillants encore, et qui servent des club-sandwichs largement plus princiers et plus savoureux. On en fit distraitement la remarque à Cécilia. Elle maintint son choix : s'asseoir dans les *« fauteuils confortables du Bristol »* ! C'est qu'il y avait aussi autre chose, dans ce souhait. Une pointe de nostalgie. Une démangeaison nostalgique. Symbolique. Le Bristol. Haut lieu, depuis 2002 et l'installation de Nicolas Sarkozy place Beauvau, des conciliabules et autres complots de la « bande à Nico ». Place forte du sarkozysme. C'est là et nulle part ailleurs que Cécilia la fausse fugitive, la vraie fugueuse, Cécilia la revenante jamais partie, voulut déjeuner. Ce ne fut pas faute de lui avoir proposé des restaurants proches de chez elle, dans le septième. Elle n'en retint aucun. Ce serait le Bristol, donc.

Lui fit-on remarquer que l'on n'aurait su trouver lieu moins discret à Paris, elle eut un léger rire de jeune fille : *« Bah ! »* Ça ne la gênait pas tant que ça, de risquer d'y être vue ! Pas assez, en tout cas, pour renoncer au plaisir de ce retour sur les lieux du crime. Irrépressible retour. Un lieu si proche de lui, « Nicolas », qu'elle avait quitté sans le quitter vraiment.

Quand arriva l'heure du déjeuner dans ce saint des saints de sarkozyland, elle fut en retard. Elle sortait d'un rendez-vous chez un médecin, pour Louis. *« Louis veut rester avec moi, Nicolas ne veut rien entendre. Il refuse que je l'emmène avec moi à New York. »* Ses yeux étaient voilés par l'angoisse. Elle exposa son dilemme : *« Si je vis à New York, c'est la garde partagée. Si je veux avoir Louis, il me faut rester à Paris. »* Elle soupira, torturée. *« Je suis coincée ! »* Pause. Cri : *« Je ne veux pas briser un enfant. »*

Elle passa et repassa la main dans ses cheveux. Mécaniquement. Comme elle le fait souvent, toujours, pour se donner une contenance, pour réfléchir, pour décider. Elle se cala dans le fauteuil, évidemment confortable. *« Je vais peut-être revenir, je n'en sais rien. Je n'exclus rien, je ne sais pas. »*

Le téléphone sonna. Richard Attias. Il était à Paris, lui aussi, elle lui parla tendrement, elle était heureuse de lui parler. Elle avait le sourire des amoureuses. *« Richard est un type bien. Je l'aime, c'est une histoire d'amour. »* *« Richard »*, donc, était *« merveilleux »*, il emmenait Louis à la pêche, ils habitaient une grande maison dans la campagne. *« Une vie simple*, commenta-t-elle. *Comme j'aime. »* Pourquoi penser à revenir, alors ? Nicolas finirait bien par céder, pour le petit... Elle opina. Puis esquissa une moue. *« J'ai de l'affection pour Nicolas. Beaucoup. Ce n'est pas rien, ce qu'on a vécu ensemble. »* Et elle se tut, prise dans les remugles du souvenir. *« Louis leur sert d'alibi à tous les deux »*, décryptait la confidente Isabelle Balkany, à l'époque. Nicolas et Cécilia étaient loin d'avoir rompu leur lien. La légende urbaine du moment assurait qu'elle le harcelait de SMS à toutes les heures du jour et de la nuit. *« C'est lui qui me harcèle »*, rétorqua-t-elle. *« Il m'envoie des textos tout le temps. »* Ils se parlaient sans cesse. Pour tout. Pour rien. Elle l'avait appelé au secours pour qu'il empêchât la sortie de la biographie que lui avait consacrée la journaliste de *Gala* Valérie Domain. Il lui avait dit qu'il ne pouvait rien faire. Mais il fit. Comme toujours. Elle lui en sut gré.

Elle disait ne rien vouloir faire, ou dire, qui puisse faire du mal à Nicolas. Elle lui demandait de la protéger. Il la protégeait. Elle le protégeait aussi. Elle parla de la journaliste du

Figaro auprès de laquelle Nicolas commençait de s'afficher dans les dîners en ville. Elle n'avait pas pu s'en empêcher. *« Cela fait dix ans déjà qu'elle se cherche un politique. Je ne l'ai jamais aimée. »* Elle se demanda s'il était bien raisonnable de continuer à médire sur sa remplaçante. Elle continua : *« Nicolas ne l'aime pas. Ils ont rompu. »* Elle le répéta encore . *« Ils ont rompu. »* Elle avait ses espions. Elle savait tout. Ou croyait tout savoir. L'arrivée de la valise de la journaliste place Beauvau, les week-ends...

Un collaborateur du ministre de l'Intérieur entra dans le bar. Cécilia fut vue. Elle sourit. Quand elle reviendra avec « Nicolas », des mois plus tard, Richard Attias assurera partout que c'est pour Louis. Pas pour lui.

VII

Des gris-gris, des fleurs et du cran

« Une femme qui se repent vraiment doit aller
chez un mauvais tailleur, sous peine
de ne pas être crue. »

Oscar Wilde
L'Éventail de Lady Windermere

« Elle, elle a du cran, hein ? » C'est Philippe Séguin qui s'en étonnait, quelques jours après l'annonce du divorce ! Les compliments n'ont jamais été le fort du premier président de la Cour des comptes. L'hommage rendu est d'autant plus précieux. Rare. *« Elle renonce quand même à beaucoup de trucs... »* Il écarquillait les yeux en signe d'étonnement admiratif. Il n'a pas souvent éprouvé de l'admiration pour une femme, Séguin. Ce jour-là, il s'avoua bluffé. Cécilia, ce vieux dinosaure machiste diablement intelligent et passablement atrabilaire ne l'avait jamais considérée autrement qu'en sa qualité d'épouse de « Nicolas ». S'il avait su ! Cécilia a trompé son monde. On la savait fantasque, on ne la pensait pas courageuse. « *Je n'en connais pas une seule autre qui aurait fait ça !* s'extasie l'ancienne ministre Nicole Guedj, encore sous le choc. *Pas une ! Moi je suis*

baba ! Il faut une hardiesse folle, pour faire ça ! »

Philippe Séguin dit qu'elle a du « cran », Nicole Guedj qu'elle a une « hardiesse folle », beaucoup d'autres se cantonnent à l'adjectif : « folle », assènent-ils. Elle est la femme qui a quitté un président de la République au faîte de sa gloire, de sa popularité, de son pouvoir. Y eut-il un autre précédent que celui de Margaret Trudeau, qui quitta Pierre-Elliott Trudeau, alors Premier ministre du Canada, au printemps 1977 ?

Mais Cécilia n'a pas grand-chose à voir avec Margaret, *« enfant fleur »* telle qu'elle se décrivait elle-même, immature et délurée. Dans le cas de Margaret, le moteur du départ était limpide : la folie, elle l'a reconnue elle-même. Cécilia complique sacrément la donne. Aux yeux de tous, elle est avant tout une rebelle. L'inconscient monarchique des Français ne s'en offusque guère, semble-t-il. Elle arrache son divorce d'avec le président de la République et elle récolte des fleurs. Plus de soixante-dix bouquets lui ont été adressés, depuis l'annonce officielle. Sans parler des *« gris-gris »*, des petits mots et de longues lettres, tous destinés à la féliciter pour son *« courage »*.

Jusqu'au dernier moment, elle n'était pas sûre de l'avoir, ce courage-là. Jusqu'au dernier moment, « Nicolas » crut qu'elle ne l'aurait pas. Elle paraissait éteinte, il faut dire. Or une force terrible était nécessaire pour partir. Il fallait la force de la certitude.

La veille du second tour, elle savait que c'était joué, qu'il allait être élu. Elle avait la voix si terriblement lasse. Ce n'était déjà plus son histoire, elle le savait, elle le sentait, ils avaient beau tous lui dire le contraire, « Nicolas », au premier chef, et les copines, qui préféraient la voir là qu'ailleurs, qui n'auraient pas imaginé qu'on pût vouloir être ailleurs, qui ne la croyaient pas, quand elle le disait, quand elle le pleurait, qui la berçaient de mots doux et réconfortants, et pressants, pour lui enjoindre d'y aller, de le suivre, lui, « Nicolas ».

« La totalité des femmes rêveraient d'être à ma place, et moi, je rêve de me tirer. » Cécilia voyait bien que ses copines ne pouvaient pas comprendre. Nul ne pouvait comprendre. Sauf ceux qui aiment, pensait-elle. Ceux-là pouvaient la comprendre. Elle aimait un homme. Cela seul expliquait tout. Mais cela ne suffisait pas.

La veille du second tour, elle semblait perdue, déjà. Elle l'avait emmené là où elle devait, pensait-elle. Il y était presque, c'était l'affaire de quelques heures. Sa mission à elle était accomplie. Qu'allait-elle faire d'elle-même, à présent ? Où était sa place ? Elle le savait si peu que le lendemain, elle n'alla pas voter, elle ne montra pas le bout de son nez au QG de campagne rue d'Enghien, pas davantage salle Gaveau où étaient réunis les supporters, et ne rejoignit le Fouquet's, le visage décomposé, que tard dans la soirée. La France entière se demandait pourquoi sa nouvelle première dame jouait l'Arlésienne.

« Irresponsable », reprochaient les collaborateurs de Nicolas Sarkozy, inquiets pour leur patron. L'accusation d'irresponsabilité était, pour elle, la moins acceptable de toutes. Il n'y avait pas plus responsable qu'elle. Elle qui avait tout organisé de cette soirée de victoire au Fouquet's. Elle le devait à « Nicolas », pensait-elle, elle se le devait à elle, elle était revenue pour cela, pour faire ce qu'il ne savait pas faire, lui.

Elle avait choisi le lieu, imaginé le décor, dressé la liste des invités, dont elle avait expurgé ceux qu'elle jugeait nuisibles à « Nicolas », ceux qu'elle n'aimait pas, donc, mais elle ne le formulait pas comme cela, elle était convaincue d'agir dans le bien de « Nicolas ». Elle était une maîtresse de cérémonie qui ne voulait pas assister à la cérémonie, un metteur en scène qui refusait de voir sa pièce, ce n'était pas nécessaire, se disait-elle, de s'infliger cela, tout avait été organisé, tout roulait, « Nicolas » n'avait plus qu'à parader au milieu de grappes de gens obséquieux fascinés par le pouvoir qu'il venait juste de conquérir.

Ni lui ni eux n'avaient besoin d'elle, elle n'avait rien à faire dans ce monde-là, ce n'était pas son monde, elle avait fait son devoir : elle avait rendu cette soirée possible. Affectivement, politiquement, logistiquement. Pourquoi lui demanderait-on, en plus, d'en être ?

Mais on ne la laissait pas en paix. Jamais. On ne voulait pas croire qu'elle s'en fichait, on la culpabilisait, elle, cette femme de devoir, on la tiraillait. « Nicolas » suppliait, les copines appelaient, relayaient ses arguments à lui, alliées de lui, finalement, plus qu'amies d'elle. Mathilde Agostinelli a-t-elle jamais été autre chose qu'une alliée objective de Sarkozy ? Distraire Cécilia, à grand renfort de futilités mondaines, la faire rire, la divertir encore, pour la convaincre qu'elle pouvait atteindre au bonheur dans sa nouvelle vie que Mathilde, elle, trouvait très plaisante. Elle était drôle, Mathilde. En sa compagnie, la vie avec « Nicolas » était moins triste. Il fallait bien ça, pour se donner du courage ! Une mondaine qui fait rire. Ce n'est pas pour rien que Cécilia ne l'a plus quittée. Elle réinjectait un peu de gaieté dans le couple Sarkozy qui n'en était déjà plus un. Elle leur évitait le tête-à-tête. Grâce à elle, Cécilia put rester plus longtemps dans cette vie dont elle ne voulait plus. Quand Cécilia partit enfin, Mathilde resta. Et ne parla plus à Cécilia. On a les amies que l'on peut. Mathilde était d'abord celle de Nicolas, Cécilia s'en est aperçue trop tard.

Quand enfin elle consentit à venir au Fouquet's, elle fit des efforts pour sourire à chacun, sa mère l'avait bien éduquée. Elle lui avait appris qu'en public, il faut donner le change, être digne, toujours. Alors elle s'obligea, elle surjoua. Mais ce soir-là, elle eut beau faire, elle ne parvint pas à paraître droite. Sur le podium de la Concorde, face à la liesse populaire, elle n'était plus qu'une silhouette qui oscille, vacille, chancelle entre les corps de tous ces amis de son mari, empressés et heureux. Brindille tourmentée au visage émacié. Fragile, si fragile. Elle s'appuya sur son amie Isabelle Balkany pour descendre du podium. Elle demanda à Mathilde de les accompagner sur le yacht de Bolloré à Malte. Car le voyage se décida lors de cette soirée follement triste. Bolloré proposa, Sarkozy accepta, pour faire plaisir à Cécilia. Ce n'était pas son idée à elle, elle n'en avait pas, d'idée, d'ailleurs, elle ne voulait rien. Ce qui ne veut pas dire que l'idée ne lui plut pas... Ce qui ne veut pas dire non plus qu'elle n'assuma pas. *« Il assume, j'assume, on assume. Il y en a marre »*, pestaitelle au retour de Malte, requinquée et solidaire. *« Je vais essayer »*, elle déclara, ce jour-là. Essayer de rester.

Car depuis qu'elle était revenue, elle avait éprouvé le besoin de repartir. *« Je ne tiendrai pas »*, elle soupirait souvent. Elle s'échappait, jonglait, fuyait. *« Pour laisser à son cœur le temps de choisir sa voie »*, comme elle disait. En attendant d'y *« voir plus clair »*, selon son expression fétiche d'alors, elle jouait les filles de l'air, disait-on dans Paris. L'expression n'était pas à la hauteur du syndrome. Cécilia était une femme à éclipses. Lumineuse puis triste, rayonnante puis désespérée. Il y en eut, des éclipses... Tant et tant. On la crut dépressive. Peut-être l'était-elle, d'ailleurs. Elle était malheureuse. Violemment tourmentée. Cyclothymique, évidemment. Son cœur refusait de se résigner, lui, quand sa tête avait décidé.

« Je vais essayer », elle avait dit, au retour de la croisière au large de Malte sur le yacht de Bolloré. Elle croyait, alors, que le courage, c'était de rester avec « Nicolas », c'était de renoncer à l'amour de sa vie par devoir.

Et du courage, elle voulait en avoir. *« Ces derniers temps, j'ai beaucoup hésité. Je vais mieux, j'ai pris une décision »*, jurait-elle au retour de ces quelques jours de yacht. Elle était toujours aussi maigre mais elle avait bronzé. Elle tâchait d'être sereine. Sa voix l'était presque. *« Une nouvelle histoire commence, ah ça oui ! »* On était à quelques jours seulement de la cérémonie de passation de pouvoirs. *« Je vais essayer »*, répétait-elle. Elle trouva même la force, ce jour-là, de rire du fait de n'être pas allée voter au second tour, de n'avoir pas donné sa voix à son époux. *« Chacun fait ce qu'il veut, chacun fait en son âme et conscience. C'est mon problème. Et d'abord, comment savent-ils que je n'ai pas voté ? »* Badiner pour ne pas pleurer. Pourquoi n'a-t-elle pas voté pour son mari ? *« Je vous emmerde ! »* Et elle explosa de rire. C'était ça ou les larmes.

« Je vais essayer », elle répétait. Elle y réussit fort bien, deux jours plus tard, lors de la passation. Une robe éclatante, des baisers envoyés de la main, des bises, aussi, pour les privilégiés, un petit mot ici et là, des sourires, un geste pour réajuster la cravate de son époux, un autre pour se laisser par lui embrasser. Ce jour-là, elle offrit à la France l'image d'une First Lady qui sut élégamment échapper à la posture orthodoxe d'épouse de président de l'ancien temps tout en sacrifiant à ce que l'on attendait d'elle : qu'elle fût belle, maîtresse de maison, souriante, attentionnée à l'endroit de sa progéniture et de son époux. Las, elle ne parvint pas à réprimer un léger,

presque imperceptible mouvement de recul quand son époux lui toucha la joue...

Elle avait décidé d'y aller avec lui, elle ne savait pas encore ce qu'elle ferait. Elle savait seulement qu'il lui fallait une activité. Pour se donner du courage, précisément. Une raison de vivre, aussi, quand il n'y a plus d'amour. « *Je vais bosser,* promettait-elle. *C'est comme une bagnole, mon moteur tournait à vide depuis quelque temps Je vais bosser.* » Les infirmières bulgares furent du pain bénit, si l'on ose écrire. Claude Guéant, le secrétaire général de l'Élysée, devait se rendre à Tripoli avec le conseiller Boris Boillon. Cécilia s'en alla trouver Guéant. « *Je voudrais venir.* » « *Bonne idée* », répondit-il. Nicolas Sarkozy était encore plus enthousiaste : « *Très bonne idée !* »

Le président ne pouvait rêver plus noble et gratifiante occupation pour son épouse ! Comment exclure qu'il la lui ait inspirée, l'habile homme ? Quand elle revint de ce premier voyage, elle rayonnait : « *Kadhafi, je l'ai pris au collet, je ne l'ai plus lâché.* » Enfin, l'occasion se présentait de se sentir utile. De s'occuper des autres, pour ne pas tourner en rond autour de soi (cf. chapitre XI).

« *Émissaire spéciale, c'est quelque chose que je sais faire, je m'en aperçois.* » Pause. « *Si je peux sortir les filles, c'est quand même exceptionnel »*, s'enflammait-elle, mi-juillet, au retour, donc, de ce premier voyage en Libye.

Quelques jours plus tard, après un nouveau voyage au pays de Kadhafi, elle déposa les infirmières sur le tarmac de l'aéroport de Sofia. Triomphe. Polémique, aussi. *« Si je l'avais envoyee inaugurer une crèche, personne n'aurait rien dit, mais un rôle moderne, non, les bonnes âmes s'offusquent »*, commenta alors Sarkozy en petit comité, pour la défendre. Il savait combien les attaques la meurtrissaient, il avait trop peur que cela lui donnât un prétexte pour partir. *« C'est une belle chose, pour les femmes de France, non ? »* il demanda, premier metteur en scène de l'exploit de sa femme. *« C'est extraordinaire, non ? Elle a été exceptionnelle. Elle a été très courageuse. Très courageuse. »* Le courage... On y revient. Encore et encore. Encore et toujours.

Le rapportait-on à Cécilia le jour même qu'elle soupira : *« Le fait qu'il en fasse trop prouve bien qu'il veut verrouiller. »* Et d'ajouter : *« Je ne suis pas persuadée que ce soit ma place. De moins en moins persuadée. »* Diantre ! Dire qu'on pensait la trouver dans l'euphorie... On lui fit remarquer que cette affaire libyenne avait donné un sacré relief à sa vie professionnelle : *« Quelle vie professionnelle j'ai ? J'ai juste fait un coup ! »* Bigre ! Si « Nicolas » savait cela, lui qui, au même moment, paradait de bonheur, lui qui pensait avoir trouvé le moyen de la garder près de lui : l'envoyer voler au secours des causes perdues.

« Cela m'a donné du bonheur, c'est évident », confia Cécilia, depuis Paris, ce même jour où Sarkozy la couvrait d'éloges devant des journalistes. Elle était heureuse, oui, vraiment, heureuse d'avoir eu ce courage-là. Mais ce jour-là, qui était pourtant celui de son triomphe à elle, de l'exaltation de son courage, celui où son mari était en Libye pour récolter les fruits de son travail à elle, elle n'était plus dupe de rien. Elle savait que le vrai courage n'était pas là, qu'il n'était pas de rester avec un homme qu'elle n'aimait plus. Elle savait que le vrai courage, c'était de ne pas se résigner à *« éteindre une lampe »*, comme elle assura, ce jour-là. Celle du *« cœur »*, elle ajouta. Celle de l'*« âme »*, elle précisa. *« Chez un homme comme Nicolas, dès lors qu'il y a de la joie dans la vie professionnelle, sa vie privée est comblée. Moi pas du tout. »* Elle était décidée à s'en aller combler sa vie privée.

Enfantine, elle déclara soudain, tout à trac : *« Je peux faire la même chose sans être la femme du chef de l'État. »* On s'étonna. Elle : *« Je ne sais pas, on verra ! »* Et l'on vit qu'elle ne quitta pas « Nicolas » sur le champ mais passa ses vacances avec lui et toutes ses copines à Wolfeboro. Pas davantage que le yacht de Bolloré, ce n'était son idée à elle *« Nicolas a voulu qu'on parte une ou deux semaines dans une baraque de copains »*, elle expliquait, à quelques jours du départ. « Nicolas » voulait cela pour lui faire plaisir. Mais ce n'était pas elle qui voulait. Elle ne voulait plus rien, avec lui. Elle n'avait pas encore le courage d'aller jusqu'au bout mais elle avait déjà celui de signifier au monde entier sa rébellion contre les convenances qui régissent le monde dont son époux était devenu un des maîtres. *« Je suis une femme libre, je fais ce que je veux »*, elle disait, répétait, hurlait, à cette époque. Une incantation pathétique.

Elle croyait que la liberté, c'était de rouler en Austin Mini sans chauffeur. Une Austin Mini, c'est petit, c'est joli, c'est terriblement féminin mais c'est follement chic et snob : un modèle plébiscité par toutes ces bourgeoises qui veulent se donner des frissons de prétendu refus du conformisme. Cécilia croyait que la liberté, c'était de refuser d'être conduite. Elle croyait que la liberté, c'était de ne pas aller à Sofia se faire remettre la plus haute décoration avec son époux. *« Ils m'ont tous tellement tellement emmerdée en France, en disant qu'il fallait que j'aille me justifier, que j'ai dit : "Allez vous faire foutre !" »*, se justifia-t-elle ce jour-là. Puérile. Elle croyait que le courage, c'était de faire des pieds de nez au protocole, de bouder les stéréotypiques programmes dits d'épouses en marge des sommets internationaux, de filer fêter l'anniversaire de sa fille, de poser un lapin à Bush et à son déjeuner sur l'herbe.

Mais si ce n'était pas du courage, c'était en tout cas de l'indépendance d'esprit. Et il en faut, pour résister à des pressions de cet ordre !

Une indépendance qui ne lui fut pas reconnue. Elle était victime de la misogynie latente du monde politique et de ses commentateurs, qui hurlaient au caprice, à la folie, à l'irresponsabilité. Le pilori, ils réclamaient, peu ou prou, pour cette « infidèle » qui méprisait les conventions, pour cette femme qui ne tenait pas son rang. Ils oubliaient qu'elle avait passé toute sa vie à se conformer aux usages du monde, à y être cette épouse parfaite qui donnait de la fierté à son ambitieux de mari. Ils ne virent pas qu'à la veille de ses cinquante ans, elle avait conquis le droit d'être regardée pour ce qu'elle était devenue : la seule à tenir tête à Nicolas Sarkozy, ce que le journaliste Nicolas Domenach a le premier diagnostiqué dans *Marianne*. La seule à lui tenir tête au moment où toute la France était prosternée... Et quelle tête ! On aurait pu parler de modernité. Nul ne lui fit ce crédit.

Les commentateurs ne lui pardonnaient pas de se protéger d'eux, de fuir la presse. *« On ne peut pas me forcer à parler. Moins j'en dis, mieux je me porterai »*, confia-t-elle cet été. Elle se prenait à rêver d'une popularité conquise contre la presse. *« Les gens m'aiment bien, quand je me balade, dans la rue. La presse me juge, me critique, les gens me voient différemment. Les Français me protègent et me respectent, eux ! C'est fou, ça ! »*, assurait-elle, étonnée et soulagée. Ça lui donnait du courage. Et il en fallait ! *« Quand j'allume la radio ou la télé, les gens parlent de moi, beaucoup. Ils disent tout et n'importe quoi. Mais ce qui me frappe : il n'y a aucun manque de respect*, constatait-elle à la rentrée, en septembre. *Est-ce que c'est lié à la fonction ? »* Elle aurait voulu qu'on lui réponde non. Cette fonction, elle n'en voulait pas. Cette fonction, elle n'existait pas formellement, mais c'était une prison. *« Je suis une femme libre, c'est ça le problème. »* Libre, malheureusement, elle ne l'avait jamais été si peu. « Le problème », c'est qu'elle se sentait en prison. « Le problème », c'est qu'elle était en prison. Elle le savait. *« Cette espèce d'impression d'être privée de liberté, c'est une horreur ! Nul ne respecte mon intimité ! »* Elle ne pouvait aller nulle part sans être reconnue, se plaignait-elle. *« T'as vu ma gueule ? »*

Et enfin elle partit. Elle trouva la force de répondre à l'exhortation de René Char. *« Impose ta chance, serre ton bonheur et va vers ton risque. À te regarder, ils s'habitueront. »* Ces vers, elle les avait découverts, et aimés, tellement aimés, lors de son premier départ pour New York. Quand elle revint, ces injonctions poétiques lui tiraient des larmes d'impuissance. Jusqu'au jour où elle décida de s'en aller. D'aller vers son risque.

VIII

« Une rare générosité. »

« Vous entendez les passereaux ? Ils chantent mes louanges Oh ! ne me croyez pas orgueilleuse : je n'ai pas d'orgueil, pas une once. Mais il n'est pas nécessaire, pour aimer les louanges, de s'en croire digne. »

Henry de Montherlant
La Reine morte

Jean-Michel Gaillard, ancien conseiller de François Mitterrand, scénariste et ami du couple (mort en 2005) :

« J'ai rencontré Nicolas et Cécilia à l'automne 1995. Nicolas n'était pas dans la situation la plus faste de sa vie politique. On ne peut pas dire qu'elle ait pris la main d'un homme – ils se sont mariés en 1996 – dont on disait beaucoup de bien, à l'époque. Nicolas était en vraie difficulté, c'était un mauvais moment. Très clairement, elle a été là pour le meilleur et pour le pire.

Quand on les voit ensemble, on sent l'attention extrême qu'elle lui porte. Cécilia est très urbaine et très réservée, mais en même temps elle observe. Elle ne la ramène pas, mais elle jauge, elle toise. Nicolas passe son temps à dire : "Tu es d'accord, Cécilia ?" "Qu'en penses-tu, Cécilia ?" Il l'interroge tout le temps du regard, il cherche son approbation. Elle n'est pas forcément équanime : elle a des perceptions et des sentiments qui peuvent être tranchés.

Ce que j'aime beaucoup chez elle, c'est son côté naturel. Elle n'a pas changé depuis que je la connais, sinon qu'elle a gagné en élégance, spirituelle et physique. Je la sens beaucoup plus décontractée. Les montagnes russes de la politique ne lui font plus peur. Ce n'est pas la vie dont elle avait rêvé avec Nicolas, pourtant. Quand on se rencontre après une première vie, on aspire à des choses plus paisibles, loin du regard des gens.

C'est une femme d'une rare générosité. Elle est capable d'un immense don de soi.

Nicolas a la conviction que la République est en danger et qu'il est un des hommes à pouvoir la remettre sur pied. Un homme qui se sent investi de ce type de mission a besoin d'une "première". Cécilia est sa "première". À l'instar d'un nombre premier, elle est celle à partir de laquelle se construit une arithmétique sentimentale, mais aussi politique. »

IX

Maman Cécilia

« Ce qui vous ressemble, c'est votre fille,
ce n'est pas votre sosie du musée Grévin. »

Alexandre Vialatte
« L'amour passe », *Chroniques de* La Montagne

Jamais sans mes enfants ! Elle leur parle chaque jour, où qu'ils soient, où qu'elle soit. C'est comme ça. Avant d'être une midinette, une femme fantasque ou une faiseuse de roi, Cécilia est une maman. C'est sa première vocation. La seule qui soit inconditionnelle. Quand ça ne va pas, Cécilia prend ses *« poussins sous le bras »*, comme elle aime à dire, et elle s'en va. C'est ce qu'elle fit quand elle quitta Jacques Martin. Ce qu'elle refit récemment. Son clan à elle, c'est celui-là. Ses enfants.

Aujourd'hui qu'elle est redevenue une femme seule, tout son temps leur est dédié. Elle ne vit plus que pour eux, à travers eux. Entre un week-end à Londres pour rendre visite à Judith, une virée chez Ikea pour finir de meubler le petit appartement de Jeanne-Marie et une sortie avec la classe de Louis pour aller voir *La Flûte enchantée*. Judith,

Jeanne-Marie et Louis, par ordre décroissant. Deux jeunes filles, presque femmes, et un petit garçon. L'aînée vit à Londres et travaille *« comme une dingue »* (dixit sa maman) dans la finance ; Cécilia vient d'installer la cadette (étudiante en droit) avec Gurvan, son joli fiancé, dans un petit appartement près du pont de l'Alma ; le benjamin vit avec elle, à Neuilly. *« Celui-là, c'est un truc à part*, affirme-t-elle. *C'est une des grandes passions de ma vie. »*

Son amie Isabelle Balkany ne dit pas fondamentalement autre chose : *« Cécilia est une bonne mère. Mais Louis, elle lui passe tout. Il est insupportable. »* Insupportable *« comme Nicolas petit »*. C'est sa grand-mère Dadou qui l'affirme. Impossible de passer quelques minutes avec Cécilia dans le même lieu que le bambin sans qu'il débarque en hurlant, lui saute dessus et la couvre de baisers baveux. Elle le réprimande sans conviction, elle rit, elle aime bien ça, finalement, un enfant qui fait fi de son autorité.

Les deux grandes ont été élevées plus conventionnellement. Ravissantes et polies. La blondeur en moins, elle s'y reflète et s'y reconnaît. Deux prolongements d'elle-même. Nicolas Sarkozy ne s'y est pas trompé, qui a réquisitionné les deux jeunes filles, au premier comme au second tour de la présidentielle, pour venir faire avec lui ce à quoi leur mère se refusait obstinément : parader. Les deux blondes qui fumaient des cigarettes et téléphonaient à l'arrière de la voiture dans laquelle Sarkozy, fenêtres ouvertes, faisait le tour du propriétaire de la capitale, c'étaient elles Judith et Jeanne-Marie. Symboliquement prises en otage par leur beau-père pour remplacer leur mère. Pour se confondre avec elle. Otages consentantes mais otages tout de même. À la demande du tout nouveau président, encore lui, elles se joignirent au chœur de ceux et celles qui appelèrent Cécilia, depuis le Fouquet's, pour la convaincre de les y rejoindre. Sont-ce elles qui obtinrent gain de cause ? Cécilia les aime tant...

L'aînée a un très fort tempérament. Sa mère est la première à la rabrouer. Avec tendresse mais fermement. Copine, mais pas trop. Le plus souvent, elle joue la maman, comme lors de la mort de son premier époux, Jacques Martin : elle qui ne prononçait plus son nom, qui ne l'appelait plus autrement que le *« père des filles »* (quand il s'agit de faire d'elle le premier portrait, à l'été 2002, elle accepta de collaborer à une seule condition : que l'on ne parlât pas de lui !) se fit la violence de les accompagner à son enterrement. Les *« porter à bout de bras »*, selon les mots qu'elle employa alors, c'était son rôle de maman. Quoi qu'il lui en coûtât.

Belle-maman, ce fut une autre histoire... *« Il n'y a rien de pire que les enfants de l'autre ! »*, soupire-t-elle, aujourd'hui que les deux fils de Nicolas Sarkozy lui sont redevenus étrangers.

« Autant les enfants de Nicolas aiment les paillettes, autant les miens se fichent de tout ça !, assure-t-elle. *Mes trois enfants sont comme moi : ils ont leurs essentiels. »* « Comme moi. » Elle s'identifie à eux. Pendant qu'elle rusait pour parvenir à obtenir son divorce de Nicolas Sarkozy, elle préparait les fiançailles de sa fille Jeanne-Marie. Concomitamment. Étrange concomitance... *« Je les installe »*, elle disait, empressée, en courant d'Habitat au Conrad Shop, d'Ikea au Bon Marché. Elle les fiançait et elle divorçait. Elle quittait sa vie conjugale et elle les installait, eux.

Comme la maman poule qu'elle est. *« Jeanne a claqué la porte avec ses santiags hier soir à minuit*, s'émouvait-elle, le 5 septembre. *Elle m'a appelée ce matin au petit déjeuner. En pleurs. Elle voulait revenir à la maison. »* Maman Cécilia refusa net. *« Tu n'es plus une enfant, ma chérie »*, gourmanda-t-elle. Mais elle n'attendit pas la fin de la matinée pour s'en aller voir son enfant devenue grande.

Elle est maternelle, Cécilia. Elle ne s'en rend même pas compte. Elle n'a pas besoin de le faire exprès. Maternelle ne veut pas dire cajoleuse. Cécilia ne cajole pas, ce n'est pas dans son éducation, les cajoleries intempestives, mais elle veille, elle organise, elle commande, elle supervise. Elle protège. Sa présence seule est une protection. Les enfants ne sont pas les seuls concernés, du reste. Quand Nicolas Sarkozy entrait sans frapper dans l'antichambre qui lui servait de bureau, place Beauvau, il ne disait rien, penchait vers elle son front. Elle l'embrassait, évidemment. Il marmonnait qu'il avait mal à la tête, ou à la gorge, il prenait un air défait d'homme-enfant en souffrance, il attrapait une poignée de mignardises au chocolat. Elle le sermonnait. Il gloussait du plaisir de se sentir couvé, embrassé, grondé. Cécilia faisait cela comme personne.

X

Sans rime ni raison ?

« L'amour ne règle pas le sort d'une princesse. »

Racine
Andromaque

« Tu fuis, tu cours vers une nostalgie, vers quelque chose qui n'existe pas », lui a écrit une complice de longue date. Un mois après son divorce, en revenant de quelques jours dans le désert – où elle a passé son anniversaire –, Cécilia a trouvé cette lettre. *« Négative et pessimiste »,* à l'en croire. Une longue missive qui, sans l'énoncer ainsi, diagnostiquant, pour le lui reprocher, un comportement éminemment – et tragiquement – bovarien.

Insatisfaite de sa condition médiocre de femme de petit notable de province sans ambition, la malheureuse Emma espère, par l'adultère, atteindre un monde romanesque qu'elle a découvert dans ses lectures. C'est peu dire que Cécilia ne se reconnaîtrait pas dans cette héroïne exaltée au cerveau et au cœur pris au piège de l'imaginaire.

« Elle n'a rien compris », assure tristement Cécilia, manifestement affectée par la lettre de

cette amie. Elle s'étonne, Cécilia, de ce que cette femme *« si psychologue, si clairvoyante »* (Cécilia dixit), cette confidente pour laquelle elle a toujours eu tant d'estime, ait pu *« faire à ce point fausse route »*, sur ce cas d'espèce. Sur son cas à elle.

Elle ne mesure pas encore combien ce jugement sur elle est répandu parmi les commentateurs de ce petit monde gentiment misogyne de la politique et des médias. Les femmes ne sont pas les moins misogynes, dans ce microcosme. Pas les plus tendres avec Cécilia. Toutes celles qui auraient rêvé d'être à sa place, mais pas seulement, toutes ces femmes de pouvoir ou d'envie de pouvoir brocardent à présent *« la quête du bonheur à tout prix »* qui aurait emporté, à les entendre, *« cette pauvre Cécilia ! »* Au fil de la conversation, les esprits les plus progressistes en viendraient presque à se demander comment une femme quelle qu'elle soit, finalement, pourrait rêver statut plus glorieux, consécration plus enviable que de devenir *« présidente »* ! L'incroyable prétention de Cécilia à vivre autre chose les laisse cois. Vanité ! Comment, c'est cette femme qui n'a jamais été que l'ombre de son époux qui se permet de faire un tel pied de nez aux usages ? Vanité ! Ainsi pérorent-ils, enflammés, méprisants. *« Atteinte de bovarysme »*, ont-ils déclaré, implacables, sitôt le divorce officialisé. Heureux, pensaient-ils, d'avoir nommé la *« pathologie »* qui expliquait l'inexplicable.

Qui sait ? Qu'en savent-elles, toutes qui rivalisent de compassion méprisante devant la *« folie de Cécilia »* ? Qu'en savent-ils, tous ces dénigreurs – car les hommes ne sont pas en reste, cela va de soi – qui accablent *« cette femme capricieuse jamais contente de ce qu'elle a »* ?

Comment peut-on assurer que Cécilia a sacrifié son bonheur à l'idée (fausse, forcément fausse, prétend le microcosme) qu'elle se fait d'elle-même ?

« Puisque dans tout et partout je dois toujours faire exception à la règle, je m'en vais poursuivre ma destinée » (Gustave Courbet). C'est cela, aujourd'hui, le défi de Cécilia. Prouver qu'elle est cette femme-là. Une femme qui fait exception. Une femme d'exception. Nul ne le conteste, même ceux qui ne comptent pas parmi ses plus fervents thuriféraires, à l'instar du ministre Brice Hortefeux. *« Je pense qu'elle est très déséquilibrée, voilà, point. Les déséquilibres conduisent à l'exception »,* estime-t-il désormais, sûr de son diagnostic. Et l'ami de trente ans du président de s'enflammer : *« On n'a pas le recul mais c'est inouï, c'est exceptionnel, ce qu'elle lui a fait, à Nicolas. Une femme qui ne va pas voter pour*

lui ; une femme qui refuse de venir fêter la victoire de son mari ; une femme qui quitte le G 8 en disant qu'elle va faire le gâteau de sa fille ; une femme qui refuse d'aller chez le président de la première puissance du monde, après avoir dit oui ! C'est grave et c'est exceptionnel ! » Grave et exceptionnel. Ce n'est pas d'Emma qu'on dirait cela.

Deux longues années durant, Cécilia, il est vrai, a fait montre d'un comportement apparemment sans rime ni raison. Sans autres rimes que celles de son âme torturée. Sans autres raisons que celles, contradictoires et plurielles, dictées par son chagrin et son sens du devoir. Elle ne saurait pour autant, pour cette tranche de deux années de vie conjuguées au passé décomposé, être réduite à ce qu'elle n'est pas : une femme exceptionnellement déséquilibrée. Brice Hortefeux a beau dire, il le sait bien. Il sait bien ne pouvoir la ranger dans aucune case. Il sait parfaitement que cette femme qu'il juge *« déséquilibrée »* est la seule personne au monde ayant démontré sa capacité à équilibrer son ami Nicolas Sarkozy. *« Elle est sa quille »*, avait-il d'ailleurs pris l'habitude de marteler, à propos d'elle. Hortefeux était content de son expression, devenue fameuse. Une quille ne saurait être ni déséquilibrée ni dépourvue de densité. Sans quoi le navire Sarkozy ne serait jamais arrivé à bon port. Le port suprême.

Définissant le bovarysme, le dictionnaire international des termes littéraires précise : « *Les personnes qui en sont atteintes ont des ambitions vaines et démesurées.* » Peut-on dire cela de Cécilia, de cette femme qui a gagné le respect du « *Guide de la Révolution libyenne* », qui est parvenue à l'impressionner, au sens littéral, au point qu'il n'a guère discuté qu'avec elle ?

Elle fut daubée à gauche, son rôle suscita à droite sourires de commisération et apartés condescendants. Sans parler des controverses malveillantes. Plus son président de mari insistait sur l'éminence du rôle de cette émissaire très spéciale, moins on le croyait. Il ne l'avait envoyée là-bas que pour lui faire plaisir mais tout était joué d'avance, murmurait-on d'un air entendu, dans les dîners en ville. Ce n'est pas exactement ce qui transparaît, aujourd'hui que la polémique s'apaise. Et l'on commence de comprendre que l'implication personnelle de Cécilia fut décisive. Claude Guéant a indiqué, devant la commission d'enquête parlementaire, que c'est elle et elle seule qui avait obtenu, dans un entretien en tête à tête avec le colonel Kadhafi, un premier accord de principe pour la libération. Même Pierre Moscovici, le président socialiste de la commission, à ce titre peu suspect de complaisance envers le pouvoir, semble en être revenu, de ce scepticisme liminaire, de ce mépris d'avance. Le 9 décembre, il a déclaré au *Journal du Dimanche* : *« Il nous est apparu, au fil de nos auditions, qu'elle avait joué un rôle très important, plus important que je ne le pensais moi-même. »* (cf chapitre XI). Ah tiens ? Faut-il être surpris, s'agissant de la femme qui a su retenir un homme comme Nicolas Sarkozy pendant près de vingt ans, et le retiendrait encore, si elle n'était pas partie. Ce n'est pas rien. On n'y songe pas assez. Il en faut, de l'envergure, de l'assise intérieure, de la résistance, de l'intelligence, pour donner la réplique, vingt ans durant, à Nicolas Sarkozy, pour éveiller et retenir une estime qu'il dispense parcimonieusement, pour se rendre indispensable à un homme convaincu qu'il se suffit à lui-même. Celles qui suivront verront.

On peut l'aimer ou ne pas l'aimer, Cécilia, mais comment lui dénier sa profondeur, en la caricaturant dans le personnage d'Emma ?

Oh, bien sûr, elle en a les accents. Souvent. *« Il y a un monde de différence entre le monde dans lequel je vis, qui est un monde d'apparences, et celui dans lequel je veux vivre*, n'a-t-elle eu de cesse d'affirmer, durant les longues semaines qui précédèrent son divorce. *Ce monde de la politique, c'est comme un décor de western derrière lequel il n'y a rien. »* Elle prêtait le flanc, avec ce genre de grandes déclarations tonitruantes de femme insatisfaite. *« Tout ça, ce n'est pas ma vie, ce n'est pas mon monde, ce ne sont pas des gens comme moi. Je ne suis pas de cette race-là. Ma vie d'aujourd'hui, c'est très très loin de mes essentiels. »* Plus bovarien encore : *« Ma vie, c'est un roman. »* Comme Emma. Comme Emma, aussi, elle court le risque de s'illusionner sur soi. Mais qui ne le court pas ?

Comme pour Emma, enfin, et contrairement à ce que distille Flaubert d'un bout à l'autre de son œuvre, pour Cécilia, l'amour est et doit être au premier plan de la vie. C'est même pire. Cécilia est une amoureuse absolue et absolutiste. « Elle ne croyait qu'à l'amour et quand on ne croit qu'à l'amour, on n'a pas d'humeur matinale, on reste entre les draps parce que l'amour est là. Ou parce qu'il manque. » Ce n'est pas du Flaubert, c'est du Christian Bobin (extrait de *La Folle Allure*), et ça lui va si bien...

À la différence d'Emma, Cécilia n'a pas trop lu, bien au contraire – a-t-elle seulement lu *Madame Bovary* ? Rien n'est moins sûr... Si son personnage a quelque chose de véritablement romanesque, c'est bien malgré elle et sa faible fréquentation des livres. Comment être un personnage de roman qui n'en lit pas ?

Cécilia, c'est aussi ce paradoxe-là... Ce défi aux intellectuels qui pourraient s'indigner de voir attribuer le prix du personnage romanesque de l'année à une femme de si peu de lettres. Et pourtant, sans concourir, elle l'a gagné, ce trophée. Cette dimension. Sans le vouloir, mais alors pas du tout, Cécilia s'est hissée au rang d'un exquis personnage féminin que même les romanciers s'étaient retenus de créer. Trop ambiguë. Elle restera comme la femme qui ne savait pas. La femme de l'homme le plus puissant du pays qui, deux années durant, a fait vivre la France et les Français au rythme de ses sauts de cœur. La femme du tout et du rien, du blanc et du noir, du trop et du trop peu. La femme des oukases et des indulgences. La femme de toutes les responsabilités et de toutes les inconséquences. Le roman, Cécilia ne le lit ni ne le fantasme, il s'impose à elle. Elle l'incarne, fût-ce à son corps défendant.

À la différence d'Emma, encore, Cécilia ne trompe pas un mari médiocre pour un amant socialement mieux loti. Non, Cécilia quitte rien moins que le président de la République... À la différence d'Emma, enfin, Cécilia n'est pas cette petite chose romanesque qui se laisse dériver sur les flots de la vie et dans les bras des hommes au gré des uns et des autres, mais une femme de caractère qui ne s'en est jamais vraiment laissé conter par ses hommes, une femme qui ne savait pas et qui s'est donné le courage de prendre en main les rênes de sa destinée. « *Je vais vers mes essentiels,* assure-t-elle avec foi, quelque deux mois après son divorce. *Enfin j'espère...* » Elle est désormais une femme qui cherche l'accord avec soi et avec le monde, sincèrement. La femme qui pense trouver cet accord dans la rupture. La femme qui ose la rupture, pour le trouver.

Elle n'est pas cette bourgeoise figée, recroquevillée, momifiée dans des conventions imbéciles et mal digérées, mais une femme qui, à cinquante ans, défie les usages du monde qui lui furent religieusement enseignés dès son jeune âge et auxquels elle s'était jusqu'alors conformée avec soin et scrupule. Cécilia n'a jamais moins ressemblé à Madame Bovary que depuis qu'elle est partie. Madame Bovary, c'est la résignation bourgeoise qui prend le pas sur les rêves de midinette romanesque. Cécilia, c'est l'amour qui pulvérise une minutieuse ascension au sommet en tandem bourgeois.

C'est avant son divorce qu'elle était le plus menacée d'apparaître comme une héroïne d'un roman du dix-neuvième siècle. Quand elle se fit violence pour accompagner Nicolas Sarkozy à l'Élysée, quand elle s'interdit de voir Richard Attias, de lui parler. Parfois, la violence faite à elle-même était trop forte, elle n'arrivait plus à maîtriser le flot de chagrin, les larmes roulaient. Ce n'était pas qu'elle pleurait, non, pleurer eût signifié accepter que les larmes roulassent. Or il n'en était rien. Dans la guerre acharnée qu'elle menait à chaque instant contre ses larmes, c'était une menue victoire de ces dernières. Cécilia ne leur laissait pas beaucoup de répit, pourtant. Elle s'étourdissait, courait de futilités en distractions, de déjeuners de copines gloussantes en parties de shopping effréné. Elle jouait à être belle et fantasque pour tuer son chagrin. Pour le faire fuir, à tout le moins. La *futility attitude* comme remède. Comme antidote à son amour pour Attias.

Et parfois, dans un moment de relâchement, où la vanité de ce monde-là lui faisait exploser le cœur, les larmes emportaient la partie. Comme ce matin-là, quelques jours seulement après l'accession à l'Élysée. Elle était assise telle une dame bien mise, les joues légèrement maquillées, les jambes et les bras crémés, les ongles fraîchement manucurés, les fesses délicatement posées sur le bord du petit canapé d'époque dans son grand bureau-boudoir vert pomme, au rez-de-jardin de l'Élysée. N'était la robe de soie noire froissée comme après une bagarre contre soi-même, on eût dit une parfaite gravure de mode. Qui souriait quand il fallait, qui se préoccupait de vous – ce qu'elle faisait si bien –, qui aurait aimé ne parler que de vous, tant un mot sur elle lui coûtait, qui vous présentait son attachée de presse dûment recrutée par ses soins pour la protéger des méchantes langues, qui contemplait son bureau avec une affliction résignée, semblait-il. Quand soudain ruisselèrent les larmes. Elles étaient arrivées par effraction. Sans faire de bruit. Sans crier gare. Ses yeux verts en étaient noyés. Ses frêles épaules étaient secouées de spasmes. Une gravure de mode en larmes qui désigne avec douleur les dorures qui l'entourent : *« Je ne veux pas être là, je ne veux pas. »* On se trompait. Cécilia ne s'était pas résignée.

Madame Bovary aussi pleurait. Elle tenta de partir, sans jamais vraiment y parvenir. Madame Bovary mit fin à ses jours.

Cécilia a réussi à partir. *« Pour combien de temps ? »* interrogent malicieusement les beaux esprits. Elle est bien tentée, dans un premier mouvement, de répondre qu'elle ne sait pas. Cette échappatoire lui est devenue si familière... Une si familière petite lâcheté de l'âme et du cœur, pour elle qui, dans une certaine mesure, a toujours su. Trop su, trop compris, trop senti. Pour elle dont la clairvoyance fut une douleur et le *« je ne sais pas »* un remède illusoire. Cette fois-ci, elle se pince les lèvres. Ô la courageuse rétention ! Les mots ne sortiront pas. Ne sortiront plus, espère-t-elle. Elle ne dira pas qu'elle ne sait pas. Elle a emmené au vestiaire de la vie son costume de femme qui ne savait pas. De femme sans rime ni raison. Et elle l'y a laissé, avec terreur et soulagement. Elle en a revêtu un autre : celui d'une femme qui sait ce qu'elle ne veut pas et qui assume de savoir.

XI

« Le plus grand casse du siècle ! »

« Il m'est arrivé une singulière aventure. Je me suis aperçu que je m'étais imposé une vie que je n'aime pas. »

Maurice Barrès
Mes Mémoires in *La Revue des Deux Mondes*
(fragment posthume, 1929)

« C'est un roman, mon truc ! » C'est de cette phrase émerveillée et incrédule que Cécilia entrecoupe le récit de ses deux voyages-éclairs en Libye. Quelques heures seulement après avoir ramené les infirmières en Bulgarie, elle a envie de raconter. Besoin. Après les torrents de larmes, les mots. Torrentiels, eux aussi. Elle n'en revient pas elle-même, de cette histoire folle. Du courage qu'il lui fallut à elle. Du courage qu'elle eut. *« C'est la chose la plus dure que j'ai faite dans ma vie. J'avais une trouille... ! C'est un autre monde, quand même ! »* Et pour qu'il n'y ait pas le moindre doute sur son rôle, déterminant : *« Je suis arrivée, je les ai prises, je suis partie, j'ai fait le plus grand casse du siècle : Kadhafi n'avait aucune intention de libérer ces filles ! »*

Cela méritait quelques explications, qu'elle fournit sans qu'on lui pose la moindre question. Elle ne nous en laissa même pas le temps. Verbatim.

« C'est moi qui ai mené les négociations. Très vite, j'ai eu la mainmise sur Kadhafi, j'ai senti que j'avais un pouvoir sur lui, il s'est mis à avoir confiance en moi. Dès notre premier entretien, lors du premier voyage, au bout de quarante minutes, il a demandé à me parler seule. Puis quand je suis revenue de Benghazi, j'ai demandé à le revoir, et on m'a dit : "Il vous attend seule." Me voilà partie, seule et morte de trouille. Un bunker sous la tente où il reçoit tout le monde. J'étais tellement angoissée que je me suis tapé le bol de Ferrero Roche d'or. Mabrouka, sa femme, est venue me voir : "Vous ne pouvez pas savoir le bonheur de vous rencontrer." Elle m'emmène dans une pièce, claque la porte. Je suis seule. Et là, je le vois Je lui dis : "Je pense qu'il y a le pardon, dans le Coran." Je dis encore : "J'ai une bonne nouvelle pour vous : les gens de Benghazi vous accordent le pardon. Moi, je vous offre une ouverture démocratique sur le monde." Je commence à égrener ce qu'il y a dans la corbeille de la mariée. Il me dit : "Je vous demande de rencontrer ma fille Aïcha. Tu es une femme courageuse et formidable, je voudrais qu'elle te ressemble." Et là, je me retrouve dans une propriété hollywoodienne, devant une grande blonde d'un mètre quatre-vingts d'environ trente ans. Elle est comme son

père. Elle a la rigidité de son père. Elle me dit : "Il faut payer le sang par le sang. Elles sont coupables." Un mur en béton armé.

J'étais tellement mal que quand j'ai vu Claude Guéant en bas de l'avion, j'ai failli l'embrasser. Mabrouka arriva en courant : "Le Guide t'accorde tout !" Je rentre à Paris. La peine capitale fut commuée en prison à perpétuité. Kadhafi m'a appelée sur mon portable en me demandant si j'étais contente. Les tractations commencent entre la Libye et la France. Tout s'englue. Vendredi, je dis à Claude Guéant : "On y retourne demain." Claude Guéant me dit non. Samedi, à la Lanterne, Claude Guéant, David Martinon et Jean-David Levitte répètent qu'il n'est pas question d'y aller. Nicolas les écoute. Comme il est un homme politique avisé, c'est normal qu'il écoute l'avis des experts plus que l'instinct de sa bonne femme. Je ne suis rien du tout, je ne suis que la femme du président. J'ai pris Nicolas à part, je l'ai convaincu. Il retourne au salon et il les convainc eux. Je dis à Claude : "On part demain matin." Il me dit : "je vous suis." Il m'assure qu'il faut emmener Benita Ferrero-Waldner [commissaire européen chargé des relations extérieures], *je n'étais pas sûre puis j'ai dit OK. On arrive à 11 heures du matin. "Vous verrez le guide à 20 h 30", on me dit. Ils nous font visiter des ruines sublimes. Je pestais.*

Le soir, on me dit : "Le guide ne peut pas." À minuit, je vais voir le porte-parole : "Quand vais-je voir le guide." "Il dort, me répond-il. Tu le verras demain matin." On discute jusqu'à 5 heures du matin, je vais dormir deux heures. Le lendemain lundi, re-discussion avec d'autres et toujours pas de Guide. De guerre lasse, j'appelle sa femme Mabrouka. "Il t'attend depuis 20 h 30, me dit-elle. Et on lui a répondu que tu ne pouvais pas sortir de réunion. Tu es notre bona fortuna.*" Le soir, je dis : "Je décolle à 2 heures du matin. Avec ou sans elles." Je sens que le Premier ministre va fléchir. Ferrero-Waldner lui dit : "On peut faire maintenant les traités d'extradition." Mon téléphone sonne et Mustapha, l'homme de confiance de Kadhafi, me dit : "Le Guide veut vous voir." J'embarque Claude Guéant. Nous allons dans le bunker. On laisse Claude Guéant dans le salon et on m'amène à l'autre bout du bunker.*

Mustapha et Mabrouka me disent : "Il ne va pas bien du tout. Ton mari lui a tapé sur la tête, ses ministres font pression, certains dans un sens, d'autres dans l'autre." Ils me laissent seule avec lui. Je lui dis : "Vous ne passez pas vos nerfs sur moi !" Il me répond : "Tu es la clé. Je te jure, tu pars avec elles." Je me suis barrée comme une voleuse, je ne retrouvais pas mon chemin dans le bunker. Je reviens à l'hôtel. Puis le tarmac. Claude Guéant et moi, on marchait tous les deux. Il me disait : "Dans cent mètres, on est chez nous, Cécilia, dans cent mètres, c'est la France, c'est le territoire français, on ne risque plus rien." On est montés dans l'avion, on s'est mis à pleurer comme des mômes. Et là commence l'attente des infirmières. Je ne voulais pas descendre de l'avion. J'ai dit : "J'ai un ultimatum à 2 heures du matin." À 1 h 30, je pique une crise et je vais au salon d'honneur où ils étaient tous, ministres, Premier ministre, etc. Puis ils partent tous. Ils avaient installé des brouilleurs au pied de l'avion. Mais on pouvait utiliser le téléphone satellitaire. J'ai vu le moment où on se faisait tous descendre. Claude et moi sur la passerelle, lumières éteintes sur les pistes, les brouilleurs, les cortèges officiels qui s'en vont. Jusqu'à la dernière minute, je n'y ai pas cru. Puis elles sont arrivées, à 5 h 30 du matin !

Le commandant était inquiet jusqu'à ce que nous soyons sortis de l'espace aérien libyen. Après, tout le monde m'a applaudie. Les infirmières, l'équipage, tout le monde. J'avais passé quarante-cinq heures sans dormir, quarante-cinq heures à négocier. On arrive en Bulgarie, il y avait une telle tension que j'ai dû partir tellement je pleurais. J'ai vu le président et on m'a fait partir. J'ai pleuré trois heures durant. Je ne sais pas ce qui s'est passé. La décompression, sans doute. »

« C'est un roman », elle redit, pour conclure. Elle sait que c'est bien davantage. *« Je me dis que je ne suis pas passée sur terre pour rien. J'ai sauvé, seule, six vies humaines. Il n'y a pas beaucoup de gens qui peuvent en dire autant. »* Elle est fière d'avoir été courageuse. *« Il fallait piger qui était Kadhafi. Il n'y a qu'une femme qui peut faire cela ! »*

XII

La peur de manquer

« J'aimerais habiter Versailles ou Chantilly,
mais je préférerais encore un petit yacht. »

Maurice Sachs
Derrière cinq barreaux

« Je me sens différente des autres. Le fric, le pouvoir, je m'en fous ! » Elle proclamait cela avant de le quitter, avant de divorcer, avant d'avoir peur de manquer. Elle hurlait cela pendant tous ces mois où elle se sentait mal, si mal, d'être là, avec lui, sous les ors de la République. *« Je suis quelqu'un de secret, de discret. Je ne suis pas une icône de mode, il y a trop de paillettes là-dedans. »* Un mois jour pour jour après le prononcé de son divorce, elle ne parle plus guère, outre de l'amour qu'elle a pour Attias, que d'argent...

« Nicolas est pingre. Il est généreux quand on est avec lui ; si on le quitte, c'est fini. » Pingre. Elle n'a pas dit radin. Elle a choisi un adjectif bien moins usité. Un adjectif raffiné d'une rare cruauté. « Nicolas est pingre. » Sa bouche se tord, comme rebutée. On se souvient de ce que racontait Isabelle Balkany, quand son amie Cécilia partit à New York :

« Nicolas est foncièrement radin pour le quotidien. Quand ils retournèrent à Neuilly, après sa démission du gouvernement pour prendre la tête de l'UMP, Cécilia n'avait pas de nounou. Elle emmenait elle-même ses fringues au pressing. C'est moi qui leur ai donné les chaises du salon. À côté de ça, il lui offre une Rolex en or avec brillants qu'elle adore. »

Pour divorcer plus vite – *« il a fallu ruser, il ne voulait pas, j'ai dit à mon avocate que l'on renégocierait plus tard »* –, elle affirme avoir accepté une pension alimentaire étonnamment maigrichonne. On peine à la croire, quand elle en annonce le montant. Si faible, au regard du revenu présidentiel ! Et ces commentateurs qui s'amusaient, dans le même temps, à subodorer que si Nicolas Sarkozy s'était augmenté de 172 %, c'était pour payer sa pension alimentaire ! S'ils savaient... ! *« Comment puis-je payer un loyer avec cela ? »* s'insurge-t-elle quelques semaines après en avoir accepté l'augure. Si incroyablement pressée de conclure qu'elle s'était mise en insécurité pécuniaire... La convention de divorce signée le 15 octobre stipulait qu'elle devait quitter son appartement de Neuilly, payé par « Nicolas », en décembre.

De là, cette pression, cette ardente obsession de l'argent qu'on ne lui connaissait pas, auparavant...

Quand elle partit, la première fois, quand elle partit avec Richard Attias, elle ne parlait pas d'argent. « Richard » était là, l'argent n'était pas un sujet. Cette fois, « Richard » n'est pas là. Elle est face à elle-même. Seule. Sans homme pour s'assurer qu'elle ne manque de rien. Cela ne lui est tout simplement jamais arrivé, depuis qu'elle a quitté les jupes de sa maman pour épouser Jacques Martin. Oh, bien sûr, elle se dit qu'elle peut travailler. Elle dit qu'elle VA travailler. On n'ose pas demander ce qu'elle va faire. Elle n'a jamais travaillé, à part avec ses parents puis pour – et avec – ses époux.

Cécilia a peur de ce qu'elle ne connaît pas. Peur de manquer. Dans ses yeux, le sentiment de l'insécurité. Nicolas Sarkozy n'a pas payé de pension pour octobre. Et c'est sur son compte à elle qu'ont été débitées, fin octobre, toutes les dépenses de septembre. Elle l'a appelé en hurlant. A menacé de parler aux médias.

Cécilia n'ignore pas que la presse, précisément, c'est le seul levier de pression. *« Mais Nicolas sait que je ne le ferai jamais. »* Elle non. *« Mes frères commencent à en avoir assez. Eux peuvent parler. »* Elle soupire. Ses yeux implorent. Son corps trop mince exhale la terrible chimie de l'angoisse. Ses mains tremblent. Oh pas beaucoup ! Juste un peu.

Un tout petit peu. Juste ce qu'il faut pour percevoir que cette femme-là a changé. Qu'elle porte beau mais qu'elle est terrifiée. *« Même en renégociant la pension alimentaire, j'obtiendrais quoi ? 1 000 ou 2 000 euros de plus ! Ce n'est pas avec cela que je vais pouvoir vivre ! Cela coûte cher, les enfants. Très cher ! Il faut payer l'école, le pédiatre, etc. »* Et elle égrène, et elle énumère... Certes, elle qui fut mariée à Nicolas Sarkozy sous le régime de la communauté de biens a un pécule – *« J'ai travaillé pendant vingt ans pour cela, je ne vais quand même pas vivre et payer mon loyer en mangeant mon capital ! »* Elle est manifestement indignée. Elle se rassure : *« Nicolas ne va pas laisser son fils vivre sous les ponts, quand même ! »* Pause. *« Mon fils ne sera pas comme ceux de Nicolas, avec des chaussures à 2 000 euros. »* Elle dit que c'est tant mieux, on sent que c'est tant pis. Elle est sincèrement inquiète. Quelques jours après pourtant, elle l'inscrivait au très onéreux lycée français de Londres. Preuve que ni elle ni ses enfants ne sont menacés de vivre sous les ponts, palsambleu ! Jeanne-Marie, qui n'a pas de machine à laver dans son petit chez elle et qui se plaint parce que la concierge lui a *« bousillé trois pulls »*, veut en racheter un. D'une marque réputée chez les « bobos » de la capitale. Soulagement de Cécilia . le patron de l'enseigne lui a écrit pour lui dire qu'il l'admirait et que désormais, pour elle et les siens, dans ses boutiques, ce serait gratuit. Elles iront le racheter, bien sûr. Enfin... Elles iront en chercher un nouveau.

Comment s'étonner qu'elle ait communiqué son angoisse de l'argent à Jeanne-Marie, sa fille chérie ? Elle se tracasse. Elle veut se marier *« en 2008 »*, avec Gurvan, un Réunionnais de bonne famille. Et elle se demande qui est censé payer les épousailles. Est-ce la famille de la fiancée ? Cécilia opine. Explique : *« Le fiancé, lui, offre à la fiancée une bague d'une valeur au moins équivalente. »* Voilà pour la leçon de bienséance – preuve, s'il était besoin, que Cécilia ne méconnaît rien des conventions sociales qui régissent le petit monde propret de la belle – et presque grande – bourgeoisie française. *« Je n'ai qu'à te prendre en photo avec un homme et ça payera mon mariage ! »* s'amuse la jeune fille. Cécilia fait mine de ne pas relever. Quelques instants plus tard, néanmoins, c'est elle qui interroge : *« Est-ce vrai qu'une photo de moi avec Richard vaut 500 000 euros ? Parce que si c'est vrai, je veux bien partager avec le paparazzi ! »* Ce serait drôle si elle n'avait pas passé la majeure partie du déjeuner à parler d'argent, en creux ou en bosse, en plein ou en délié. C'est ce qu'il en coûte, de redevenir une Madame Tout-Le-

Monde, comme elle l'a si fiévreusement souhaité, sans bien savoir de quoi il en retournait. Cécilia ignore encore les codes de qui veut vivre dans l'anonymat. Et ne paraît pas franchement pressée de les faire siens.

Lorsqu'elle est arrivée dans le restaurant, elle portait des lunettes noires. Les lunettes noires, « bel exemple de dénégation : s'assombrir la vue pour ne pas être vu », selon Roland Barthes (*Fragments d'un discours amoureux*). Des lunettes noires à Paris en plein hiver, qu'elle n'enleva qu'une fois attablée à l'abri des regards. Une table de choix retenue pour elle par le restaurateur, qui vint la saluer comme on le fait d'une personnalité. Il ne répugne pas à Cécilia d'avoir des manières de star et que l'on ait envers elle les égards que l'on doit à une vedette. Elle est comme ça, Cécilia. Comme peu de femmes osent être. Comme toutes le rêveraient. Abominablement angoissée et inconséquente en diable. Dérisoirement matérialiste et douloureusement utopiste. Futile et profonde. Ces antinomies, elle n'en prend même pas pleinement la mesure. Elle ne sait pas, Cécilia, qu'à elle seule, elle incarne merveilleusement la quintessence de la contradiction féminine. Et que c'est pour cela qu'on l'aime ou qu'on la déteste, au choix. Parce que l'on s'y reconnaît. Cécilia est une double extrémiste qui s'ignore.

C'est la même qui déclare vouloir vivre comme tout le monde et faire ses courses au supermarché. La même qui, après son divorce, fit de multiples apparitions avenue Montaigne les mains pleines de sacs de marque. La même qui, il y a encore quelques mois, disait *« on va à Brég »* (comprenez Brégançon) comme on dit « on va à Saint-Trop ». Et elle y allait. Avec ses copines très jet-set. Elle y faisait du shopping. Loin du supermarché... Cécilia a toujours été loin du supermarché. Elle a en commun avec « Nicolas » une fascination pour le monde de l'argent et des m'as-tu-vu, le monde des Rolex et des grands couturiers. La jet-set, elle a été élevée par sa mère pour en être. Elle aimerait qu'il en fût autrement. Elle aimerait n'avoir pas de mauvaises habitudes. Elle aimerait n'avoir pas de goût pour les privilèges. Las...

Le jour de la signature de sa convention de divorce, le 15 octobre, au volant de sa mini, elle roulait vers son déjeuner... dans les couloirs de bus. Les policiers la dévisagèrent et la laissèrent passer. *« Ils n'osent pas m'arrêter*, elle s'esclaffa, ravie ! *Parfois, ils m'arrêtent et me laissent repartir. »* Elle s'en amusait. Elle n'avait pas envie que cela change. Elle ne pensait même pas que cela pourrait changer. *« On ne peut pas dire qu'elle n'aimait pas le pouvoir ou les effets du pouvoir »*, commente à présent

Brice Hortefeux, pour qui l'ancienne epouse de son ami demeure une énigme absolue. On ne peut pas le dire, en effet. Elle seule le dit. *« Le pouvoir, je m'en fous ! »*

Un mois après son divorce, son BlackBerry tomba dans l'eau, et avec lui tous les illustres numéros de téléphone. Dissoutes, les coordonnées des puissants de France, de Navarre et au-delà. Noyé, le petit rectangle de 11 centimètres sur 6 auquel elle s'accrochait depuis des mois et des mois. Celui sans lequel on ne la voyait plus jamais. Celui sans lequel elle ne faisait pas un pas. Dans son appartement, dans ses parties de shopping, lors de ses rares apparitions officielles, notamment le 14 juillet. En toutes occasions, Cécilia n'avait qu'une main. L'autre tenait cet engin de toutes les dépendances. L'autre SE tenait à ce petit engin comme à une bouée qui lui aurait permis de se maintenir en surface, alors qu'elle était tentée de sombrer. Il fallait la voir s'y cramponner. Elle ne le rangeait même pas dans un sac de dame, pas davantage dans un étui protecteur, non, elle le gardait en main. Pour qu'aucune vibration ne puisse lui échapper. Pour que ses doigts agiles soient prêts, à tout instant, à se mettre en lien avec l'extérieur. On eût dit qu'elle était suspendue à ces clics et ces clacs, qu'elle ne prenait pas. mais qu'elle pianotait avidement sur ce petit appareil.

Quand elle n'en usait pas les touches, elle le rangeait dans le creux de sa main. Ou, dans les moments de grande confiance, à portée d'yeux. Impossible d'introduire plus grande distance entre lui et elle. C'eut été la priver d'air. Le BlackBerry était l'instrument grâce auquel elle pouvait réussir la prouesse d'être là sans être là. Prouesse salutaire sans laquelle elle n'aurait pas tenu jusqu'au bout, pensait-elle. Aussi s'agrippait-elle au moins autant au symbole qu'à l'objet. Les deux prirent l'eau, ce jour-là. C'est peu dire qu'elle fut affolée. Une bouée qui prend l'eau, ce n'est pas si fréquent. En avait-elle encore besoin ?

XIII

Il n'y a que l'amour...

« Tournoyante, elle murmurait qu'elle n'aurait pas le temps d'acheter des robes d'été à Genève, et pourtant dans cette île il ferait très chaud, et il faudrait changer de robe au moins deux fois par jour avec un tel seigneur. Les robes de paysannes de Céphalonie vous iront très bien, dit-il. Elle l'admira. Cet homme savait tout, réglait tout si bien. Nous en achèterons trente-six, dit-il. Trente-six robes, ô merveille, cet homme était grand ! Comment sera notre maison ? demanda-t-elle. Blanche devant la mer violette, dit-il, et une vieille servante grecque s'occupera de tout. De tout, approuva-t-elle, et elle se serra contre lui. Émouvante de grâce, neigeuse et tournoyante, elle se regarda une fois de plus, dansante dans les hautes glaces où elle vivait superbement, belle du seigneur, si élégante en robe de paysanne à broderies rouges et noires, servie par une vieille Grecque pieds nus, si gentille, dans une île si belle, toute de myrtes, de lentisques et de circassiers. »

Albert Cohen
Belle du Seigneur

La plus belle des déclarations d'amour. Elle ne cherche même pas vraiment à ce que son divorce soit lu autrement. Elle l'a précipité, prémédité et mis en scène dans ce seul dessein, avoué à ses intimes : convaincre Richard Attias de l'amour qu'elle éprouve pour lui. Le convaincre que pour vivre cet amour, elle est prête à tous les sacrifices. Prête à tous les renoncements. Prête à abdiquer, dans cette monarchie républicaine qu'est la France, son trône, sa couronne, son pouvoir, ses privilèges. Prête à le faire avec espoir. L'espoir de le retrouver lui. L'espoir de recouvrer sa confiance.

Car tout est là. Cécilia attend un homme qui se défie d'elle. Elle a menti, évidemment, en disant qu'elle ne partait *« pour personne »*. *« Je ne veux pas partir pour quelqu'un, cette fois. Je veux partir pour moi »*, confiait-elle quelques semaines avant la signature de la convention de divorce. Elle mentait sans mentir. Elle ne pouvait pas dire autre chose. Elle l'a fait de telle sorte que chacun puisse comprendre qu'il n'en était rien. Nicolas Sarkozy a compris, et ça l'a rendu fou. Fou qu'elle pose, belle et apprêtée comme jamais, dans *Paris Match* puis dans *Elle.* Fou qu'elle ait organisé des séances photos pour la circonstance, elle qui déteste tant les objectifs. Fou qu'elle ait accordé deux longues interviews ambiguës pour se raconter.

Le microcosme parisien, interloqué, a hurlé au *« machiavélisme »* de la divorcée, subodorant un stratagème sans parvenir vraiment à le décrypter. Le divorcé était au supplice. Lui ne pouvait ignorer le but de la tonitruante manœuvre : montrer à Attias combien elle était belle, lui démontrer qu'elle aussi savait prendre la lumière, lui prouver que Mathilda May n'était pas la seule à avoir droit au papier glacé. Mathilda May. La remplaçante. Celle auprès de laquelle Attias a trouvé du réconfort, après son départ.

« Mathilda May ». Un mois jour pour jour après le prononcé du divorce, Cécilia articule le nom de l'actrice en chuchotant. Avec douleur.

Un mois jour pour jour après le prononcé du divorce, elle continue de dire qu'elle ne voit pas « Richard ». On comprend qu'il ne veut pas la voir. Elle est seule avec ses enfants. Ses frères, ses belles-sœurs. En famille. Sans homme. *« Il est terrorisé »*, explique-t-elle à ses proches. Il a peur d'elle. *« Sa famille, ses amis lui disent du mal de moi. Beaucoup de mal. »* Cécilia en est au point de solliciter des intermédiaires. Elle a notamment mandaté Béatrice Stern, son amie de New York, qui passait son temps avec « Richard » et elle, quand ils vivaient là-bas. *« Béatrice a essayé de lui parler. Elle me dit qu'il faut lui laisser du temps, qu'il est très méfiant. »*

Elle lui pardonne sa suspicion, elle la comprend. Elle le comprend, jure-t-elle. *« Il a été humilié. C'est ce qu'il n'arrête pas de me dire. Je l'ai humilié. Et pour le juif marocain qu'il est... »*

Elle s'incrimine, se flagelle, elle si imprégnée de cette morale judéo-chrétienne de la culpa bilité, elle est prête à endurer, à attendre, puisqu'il le faut, puisqu'elle l'a mérité, pour ainsi dire – c'est elle qui se dit cela : *« Je l'ai tellement fait souffrir. Plusieurs fois,* explique-t-elle, *il est rentré dans notre maison à côté de New York et il n'y avait plus mes affaires. Il a été traumatisé. Je lui ai fait beaucoup beaucoup de mal. Dans son boulot, partout. Il en pâtit encore. Je ne me suis pas franchement comportée d'une façon élégante. J'ai fait ce que j'ai pu, mais ce que j'ai pu n'était pas bien. À présent, il dit craindre que je sois double. »* Double. Elle répète le mot. On sent que c'est un mot d'Attias. *« Tu es double »*, il lui assène. *« Je vois bien que ce divorce, c'est la plus belle déclaration d'amour que tu pouvais me faire »* il lui dit, *« mais il y a une autre Cécilia. Je l'ai déjà vue. J'ai peur d'elle. »*

Il lui en veut. Elle s'en veut. *« Quand on aime un homme sincèrement et qu'il vous aime sincèrement, même si sur le papier ce n'est pas évident, même s'il y a des difficultés de tous ordres, il faut vivre cet amour ! J'ai cru que c'était plus compliqué que cela, je me suis fait des nœuds dans la tête. Je me suis trompée et j'en ai payé le prix. »* Elle théorise cela au retour de ses vacances à Wolfeboro. Elle s'en veut... mais elle n'avait pas le choix, pense-t-elle. *« Il le fallait. On ne peut rien construire quand tout n'est pas détruit. Il fallait que je revienne pour m'assurer que la page était bien tournée »*, exposa-t-elle pendant ces jours de septembre où elle partit seule pour *« y voir clair, peser le pour et le contre, prendre une décision »*. La page était tournée. Lui restait à en persuader « Richard », en espérant qu'il accepte encore de l'entendre.

Car, désormais, elle est tout entière tournée vers cette résolution, cette obsession : lui donner des gages. Un mois jour pour jour après le prononcé du divorce, elle a cinquante ans (depuis trois jours), le visage plus marqué que jamais, mais dans ses yeux, l'éclat d'un rêve de romantisme. *« Richard est la personne que j'ai le plus aimée dans ma vie. Je crois que je n'avais jamais aimé, avant lui. »* Lyrique, Cécilia la si réservée, Cécilia la timide. Une femme passionnée, à présent. « Richard » lui a fait le grand jeu, il faut dire. Le plus grand des jeux que l'on puisse faire à une femme : camper les princes charmants. Il a su s'adresser à la princesse qui sommeillait en elle, engourdie par toutes ces années d'abnégation passées auprès de Nicolas Sarkozy. Engourdie mais diablement vivante. Réveillée à jamais. Cécilia en redemande, maintenant qu'il n'est plus là. La seule chose qui la fait tenir : la foi en eux. *« C'est l'homme de ma vie, je suis la femme de sa vie »*, promet-elle à ses confidents.

Elle est fleur bleue comme la jeune fille qu'elle aimerait redevenir. Ce n'est pas pour rien qu'elle a autant maigri. Sa volonté était telle qu'elle s'infligea des privations, se fit aider d'un nutritionniste. Elle voulut maigrir sans voir que retrouver le poids de ses vingt ans ne pouvait pas être une fin en soi, sans mesurer combien la femme de cinquante ans qu'elle est supporte moins bien l'extrême minceur. Elle est tellement plus belle avec quelques kilos de plus ! Las, elle ne se trouve pas trop mince, Cécilia, attendrissante midinette nostalgique. Il fallait voir avec quelle ardeur enthousiaste, émerveillée et passablement enfantine elle s'exalta sur le miracle de sa perte de poids, quelques heures seulement après avoir libéré les infirmières bulgares : « *J'ai passé quarante-cinq heures à négocier, sans dormir. J'ai mangé des cornes de gazelle et des gâteaux au miel. Un toutes les trois minutes. Et j'ai perdu deux kilos. Deux kilos en quarante-cinq heures ! En mangeant des gâteaux au miel !* » Cécilia est cette femme qui sait porter le poids du monde sur ses épaules et, l'instant d'après, s'attarder avec emphase sur une futilité de jeune fille jalouse de sa taille de guêpe et, par-delà, de son pouvoir de séduction. La cause, alors, cesse d'être dérisoire pour devenir noble et sérieuse. Car Cécilia est trop romantiquement idéaliste pour être frivole. Trop à vif pour être cynique. Il suffit, pour s'en convaincre, de l'entendre réciter ses fondamentaux avec ferveur, à ce moment crucial où elle a choisi de faire emprunter un nouveau chemin à sa vie : « *L'être humain n'est pas fait pour vivre seul. On est fait pour être à deux, pour s'accompagner. Comme les deux doigts de la main.* » Elle joint le geste à la parole, dans une pantomime délicieusement mièvre qui fait se braquer sur elle tous les regards des clients du restaurant. Elle décolle ses deux doigts. « *Mais en même temps, c'est très dur, l'autre, l'altérité.* »

XIV

Entre le pétrole et le couvent

« C'est peut-être ça qu'on cherche à travers la vie, rien que cela, le plus grand chagrin possible pour devenir soi-même avant de mourir. »

Louis-Ferdinand Céline
Voyage au bout de la nuit

« Elle finira avec un pétrolier ! » Les beaux esprits reprennent avec délectation la fameuse phrase du général de Gaulle à propos de Jackie Kennedy – à laquelle Nicolas Sarkozy aimait tant comparer « sa » Cécilia... Avec un pétrolier ! Fichtre ! Quel mépris ! Ils ne lui auront rien épargné, de leurs quolibets. C'est vrai qu'elle aime le luxe et le clinquant, mais elle *« n'aime pas l'argent »*. Ça, elle le jure, elle n'en finit pas de le proclamer, elle se croit sincère. Elle refuse de faire le lien entre la belle vie et l'argent...

« Elle finira dans un couvent ! », prédit de son côté Philippe Sollers, tout à son art de se démarquer, tout à son obsession de défier les idées reçues et préconçues. Dans la bouche de cet écrivain, c'est une boutade provocatrice plus qu'une intuition. Et pourtant... Cécilia entre l'or noir et le Dieu blond. Un beau titre de livre. Qui sonne si vrai. Si juste. Son

dilemme intime est là. Nulle part ailleurs. Fadaises, tout le reste ! En quittant « Nicolas », elle court vers « Richard », évidemment, mais elle fait aussi un pas de plus en direction du couvent...

Elle espère n'avoir jamais à y aller. C'est juste une direction. Mais qui sait ?

Parce qu'elle a la foi, Cécilia, et pas seulement en son « Richard ». Croyante et *« un peu »* pratiquante, comme elle dit. *« Un peu. »* C'est-à-dire beaucoup. Qui s'aventurerait, de nos jours, dans cette France de la politique, du pouvoir et des sphères d'influence, à s'avouer très pratiquant ? Ce serait comme prononcer un gros mot. Ce n'est pas tendance. C'est ringard à l'extrême.

Elle, elle ose : *« Je pratique un peu. »* Elle apprend à son fils Louis que les prières, ce n'est pas seulement pour demander de l'aide à Dieu quand ça ne va pas ou pour obtenir un beau cadeau à Noël. Il faut prier aussi quand tout va bien. Sinon, c'est égoïste, lui enseigne-t-elle. Ce n'est pas seulement un sermon pour enfant turbulent. C'est une profonde conviction. *« Je suis très mystique »*, admet-elle.

Mystique mais tolérante. Qu'importe la religion pourvu qu'on ait la foi. Elle, la chrétienne, n'a pas voulu que « Richard » renonce à la tradition juive pour elle. Quand elle vivait avec lui, elle tenait à ce qu'il pratique.

Elle croit au destin, à celui qui les réunira, « Richard » et elle. Au *« chemin de la destinée »*, selon cette expression par elle tant et tant prononcée, et toujours avec l'air sincèrement pénétré. Il fallait la voir en appeler à... *« Platon et à Dieu »*, pour tenter de démontrer qu'Attias est son *« âme sœur »*. *« Dieu a créé des cercles. Un cercle avec les hommes, un cercle avec les femmes, un cercle avec les deux. Et puis il a divisé ce dernier cercle. C'est pour cela que l'on passe son temps à chercher son âme sœur. »* Platon ne reconnaîtrait ni ses petits ni ses cercles, dans cette version très personnellement – et joliment – réécrite... Quelle importance ? Son « âme sœur », elle, elle l'a trouvée, elle en est sûre. Fataliste, donc. Elle dit l'être devenue.

Fataliste et puritaine. Pas d'alcool, pas de talons aiguilles, une vraie droiture dans le maintien, celui qu'on voit et l'autre. De la morale en veux-tu en voilà. Des scrupules, tant et tant. Et plus encore... Une petite voix qui la tance, quand elle se conduit de façon *« moche »*, comme elle dit avec des intonations – et un vocable – d'enfant. Elle a été bien éduquée, Cécilia, sur ces choses-là. Dans sa bouche, il y a le bien, il y a le mal. Les gens bien et les autres. Elle juge les êtres et les situations à cette aune. Elle confondrait Dieu avec la morale que ce ne serait pas grave. Le travers est commun. Cécilia est une femme de morale.

D'intuitions, aussi. Et là, on retrouve Dieu. *« Je suis une sorcière, moi »*, affirme-t-elle souvent en riant, pour ne pas effrayer son interlocuteur. Elle est infiniment sérieuse. *« Clever »*, elle dit. Pas vraiment d'équivalence en français. À part peut-être clairvoyante. Elle pense l'être. Tout le monde lui a toujours dit qu'elle l'était, « Nicolas » le premier. *« Je sens les choses,* précise-t-elle. *Ça s'impose à moi. C'est un don mais ça m'empoisonne la vie, je sens tout. Quand j'ai vu Jeanne-Marie et Gurvan arriver ensemble, j'ai tout de suite senti que c'était lui. »*

Elle sent, ressent, pressent. Dieu l'accompagne. Mais où ? La question, essentielle, la fait tressaillir. Elle croit à son étoile. Elle n'est pas passée sur terre pour rien, c'est ce qu'elle se dit pour se réconforter. Elle a donné naissance à trois beaux enfants, sauvé six vies humaines et emmené un homme à la présidence de la République. Et après ? Et maintenant ? Y a-t-il une vie après ces vies ? Elle ne prétend même pas savoir. C'est aussi sa force et sa rareté, à Cécilia, de prendre le risque d'avoir peur, très peur. D'être capable, à cinquante ans, d'essayer de se laisser porter. Vers le pétrole ou vers le couvent ? Ils veulent savoir, les curieux trop raisonnables, qui reviennent à la charge, encore et encore, qui ne la laisseront pas en paix, jamais, ce serait reconnaître qu'ils n'ont rien compris. Qu'elle ne réponde pas, surtout. Qu'elle refuse de se laisser enfermer dans cette alternative par trop piégeuse. Car, pour peu qu'elle fasse un pas de côté, même tout petit, même incertain, même en menaçant de trébucher du haut de sa hauteur hautaine, elle ne manquera pas de s'apercevoir qu'entre le pétrole et le couvent, il y a l'infini, il y a tout le reste, tous les espoirs. Il y a une vie à inventer. Une vie de femme qui ne dépendrait plus de personne ; une légitimité, enfin. Car « tout est devenu possible », pour parodier le slogan de son ex-mari de président. À une seule condition : ne pas se retourner. Ce serait prendre le risque fou de se transformer en une statue d'amertume. Ce serait *« moche »*.

Un merci, tendre et sincère, à :

Nicolas Domenach, pour l'exigence.
Teresa Cremisi, pour la prescience.
Anne Rosencher, pour la constance.
Aurélie Marcireau, pour la patience.
Saïd Mahrane, pour la confiance.

Yves, pour tout cela, et pour le reste.

Table des matières

Cet ouvrage a été imprimé par la
SOCIÉTÉ NOUVELLE FIRMIN-DIDOT
Mesnil-sur-l'Estrée
pour le compte des Éditions Flammarion
en janvier 2008

Composition et mise en page

NORD COMPO
multimédia

Imprimé en France
Dépôt légal : janvier 2008
N° d'édition : L.01ELJN000195.A004 – N° d'impression : 88576